JN191213

第二十八回　「伊豆文学賞」優秀作品集

目次

〈小説・随筆・紀行文部門〉

小説・随筆・紀行文部門

最優秀賞（小説）

ノイジー・ブルー・ワールド

ナガノ・イズミ

「う、うう、海の絵を描きに、い、い、いこう」

ナギがあたしにそう言ったのは一学期の最後の日でさ、死ぬほど蒸し暑い体育館でもうこれギャクタイでしょって感じの終業式やって、教室戻って渡された成績表はいつも通りビミョーで、髪染めんな無許可バイトすんな車の免許とるな来年は受験生だという自覚をもって勉強しろでも部活も頑張れみたいなもう何もかも詰めこみすぎて逆に意味ないよなって感じの担任の説教をスルーして、そいつが教室からでてった瞬間みんな大騒ぎで夏休み到来を祝福しまくる、そういう毎年繰り返されるギシキを今年も終えて廊下にでたら、真夏日だってのに長袖でしかも第一ボタンまできっちりとめたナギが小さいからだを緊張させてあたしを待っててさ、ちょっと驚いたな。ナギがあたしの教室まで会いに来るなんて初めてでさ、まあ中学まではずっと同じクラスだったんだけど。でもここは駄目だな。ナギにはキケン。あたしはナギの細い腕をとって、急ぎすぎないペースで、夏休みテンションでうるさく混みあう教室前から逃げていく。

「ここならいいかな。ナギ、なんか用事？」

薄暗くて静かでちょっとだけひんやりな階段の踊り場で、自分より小さなナギの耳元でゆっくりと小声で、つまりはからだに染みついてる対ナギ専用モードであたしは尋ねて、そしたらあのセリフが焦ったスピードで、でもたどたどしく飛びだしたんだ。

「海の絵？　理数科ってそんな宿題がでてるの？」

「ち、ち、ち、違う」

首を振るリズムでほぼショートボブってくらいの長い髪が揺れる。唇がちょっと震えてる。女の子みたいに白い肌をすっと汗が滑ってキャシャな顎の先にたまってくのを眺めつつナギの言葉をじっと待ってると、この感覚、すんとして、でもちりちりとした静けさを懐かしいと思った。ナギと話すの結構久しぶりなんだな、あたし。

「ええっと、ウミって、あの海だよね、オーシャンだよね?」

ナギが素早く二回頷く。さっぱり話が読めなくて、でも困った顔をナギに見せるのは我慢しながらうーんって明るく唸ってると女テニ部で一緒のフーカとミリが通りかかってあたしをお昼ごはんに誘う。

「わかった、とりあえず、あとでラインしといて」

驚かせないようそっとナギの肩を叩いてからフーカたちに駆け寄って、なんか逃げてるみたいな後ろめたさを感じてしまうのはきっとあたしが久しぶりのナギのリズムにちょっと怯えてたからかもな。

購買までたらたら歩くあたしたちの会話は倍速の動画みたいに超速くて、曖昧だけどさくさくでみんな反射で喋ってる。いまの誰とかちっちゃくてカワイイとか、ナギのことよく知らないミリが尋ねて、うーんレナちゃんの弟みたいな子、なんてフーカが言っちゃう。弟ねえってぽやっとしてたらもう話題はするっと変わっててアツヤくんと最近どうなのなんてあたしは質問されてて、大して飲みたくもないのに自販機で買ったバナナオレは甘すぎてなんかニキビできそう。

部活終わって家に帰ってても宿題なんてやるわけなくてさ、薄い麦茶飲みながらスマホいじってるうちにお母さんが帰ってきて、いちおう一階におりてってておかえりって言う。お母さんは下田では一番大きい病院で看護師長してて多分お父さんより稼いでるんだ。

「あんた夏期講習とか行かなくていいの。もう高二でしょ」

買ってきた食材をがんがん冷蔵庫に放り込みながらお母さんはでかい声で言って、あのビミョーな成績表を見せる気が更に失せる。もう高二でしょ、ね。あのさあ、ことあるごとにそういう脅し文句を言わないと死ぬ病気にでもかかってんのかな大人って。

そういや今日ナギがさ、って話をそらすために言っちゃいそうになったけどやめる。職業柄なのか単に世話焼きおばさん属性なのか、お母さん昔からナギのこと気にかけて可愛がってるんだ。

NHKのニュースをBGMにして夕飯の支度してるお母さんに宿題やるーってしなくてもいい嘘の言い訳しながら二階に逃げる。スマホにアツヤからラインがきてて、夏休みの予定決めようぜなんて言われてそりゃまあ嬉しいけどあんた野球部で死ぬほど練習じゃんとか思いながら、あとで電話で話そって返事する。真っ黒に日焼けしてボウズ頭で威勢のいいアツヤを思い浮かべると、同時にその正反対のナギの可愛い姿もふわってノウリをよぎる。

ナギかあ。ナギにはあたしからラインしとくかな。海の絵を描くんだよな。人が少なくて静かであまり暑くない、砂浜でも岩だらけの磯でもない、落ち着いて座れる海辺がいいな。でもなんで海なんだろ。ていうかあの子、そもそも絵とか超ヘタなんだけどな。

次の日、約束の夕方五時にナギはベンチに座ってて、スケッチブックや絵の具のパレットやバケツを準備して海を見ていた。後ろから近づいてくと、風に散らされた長い髪の隙間から耳がふっと見えて、そこに青色のポリウレタン？　の耳栓をしてるのがわかった。

「れ、れ、れなちゃん、き、き、来てくれてあ、ありがとう」

子供のときから変わらない、ひらがなの「れなちゃん」の発音でナギは言って耳栓を外す。お気に入りと思われるやっぱり青色のシャツはちょっとオーバーサイズなのかナギが小柄なせいなのか萌え袖になっててあざといんだけどナギは可愛いしまあオッケー。でも絵の具使うときは袖まくってあげなきゃ。てか暑くないのかな。

ここは下田市の道の駅の隣にある大きな海浜公園で、あ、下田ってのは伊豆半島の一番下らへんにあってさ、ペリー提督が黒船で鎖国してた日本にがんがんやってきて、条約結んで開港させたとこね。教科書に地元の地名がでてくるのって変な感じだったな。

で、ここはもちろん海がどーんと見えるししっかり舗装されてるし混雑することもないしこうやって座れるところもたくさんある。トイレもコンビニも近い。なんでかよく知らんけど坂本龍馬の像もある。つまり安全ってことで、ナギは海が見えればどこでもいいみたいだからここにした。下田にはもっとエメラルドグリーンな映えるビーチもあるけどああいうチャラいのナギ向きじゃないし。

ナギの左側に座る。スケッチブックはまだ真っ白でパレットにも絵の具はだされてなくて、ナギは猫背でぼうっと海を見てる。ナギとふたりで遊ぶなんて小学生の頃以来でさ、そりゃずっと近所で学校も同じなんだけどナギってすごく敏感で繊細で、近くに大人の目がないとこで一緒にいるのは今もちょっとだけ不安。

「ナギ、どうやってここまで来たの。車?」

なぜか一向に絵にとりかからないナギに尋ねてみる。

「じ、じ、じ、自転車」

「おお、偉いねえ」

まああたしたちの家からならチャリで十分くらいなんだけどさ。

「も、も、もう慣れた」

「そっか。あたしもチャリだよ。一緒に帰ろっか」

ナギは目にかかる長い前髪をちょっと揺らして唇を歪めた。ナギって表情が乏しいけどこれは照れてるときの癖。ナギが自転車に乗れるようになったのは中二の頃で、あたしたちの学区なら基本チャリ通だったけどナギはずっと親の車で登校しててさ、そのことで陰でナギを嗤ってるやつは結構いたんだよな。

「チャリなら、暗くなる前に帰らなきゃ。六時とかには」

あたしが提案すると、ナギは素直に頷いてからまた海を眺める。絵の構図とか使う色とかを決めるために観察するって様子じゃなくて、ふわっと両手広げてあふれだす景色をからだに通過させるみたいなそういう感じ。でもあたしにはナギの鋭すぎる感覚がどんな風にセカイをキャッチしてるのか想像できなくて気づけばバッグの中のスマホに手が伸びてて、でもナギのことちゃんと見てなくちゃってはっとなる。このキキカンも、ナギと一緒にいるときの不思議な静けさも、嫌いじゃない。なんかしっくりくるんだ。

野球部といえど毎日部活ってわけでもないみたいで、大人には夏休みはなくて平日この家は夜まであたしのものでつまりアツヤを呼んだって大丈夫で、最初はＹｏｕＴｕｂｅ見たり宿題やってみたりするんだけど、制汗剤を浴びるようにスプレーしてきたのがまるわかりの匂いのアツヤがちょっとずつあたしに近づいてきて、やがて麦茶の香ばしさとフリスクだかミンティアだかの匂いの混じった憶病なキスとかする。野球で鍛えたごつごつしたやっぱりあたしとは違う性別の人だなって手触りにむずむずしながら、あたしが初めての彼女のわりには頑張ってるなって上から目線で評価しつつ、でもこんなんでいいのかな、なんであたしのこと好きなんだろこいつって頭の片隅は放置された紅茶みたいにすんと冷めてる。

あの日ナギは結局何も描かなくて、一緒にゆっくり自転車を漕いで帰った別れ際にたどたどしくあたしに謝って、結局また一緒に絵を描きに行くことになった。いいよっていうとあの子は心の底からほっとしたみたいに口元を緩めて、でも慣れないことをしたせいなのか綺麗な二重瞼の下の瞳がずんと疲れた色をしてた。

アツヤといるのについナギのこと考えちゃうな。なんかナギのリズムって独特で、近くで見てると自分のからだと自分の影がちょっとずれて動いてくみたいな違和感があってさ、それがしばらく残るんだ。なんてぽやぽや考えてたらひととおりのことが終わって、落ち着かないのかあたしの部屋のあちこちにデリカシーない感じで目を泳がすアツヤが勉強机の上のスケッチブックを発見する。あたしが一応海にもっていったやつ。レナって絵とか描くの、とか訊かれて曖昧にごまかしてたらイラスト勝負みたいな流れになって、アンパンマンとかドラえもんとか猫とかお笑い芸人の顔とか描きっこしてげらげら笑うんだけどアツヤの方が上手でちょっとむかつく。

夏休みが始まってもう一週間経っちゃって特に目標なんてないんですけどなんか焦るよねって高二的中だるみマインドを共有しながら、午前中の部活を終えたあたしたちは伊豆急下田駅前の結構混んでるマックの二階で永遠にだべってる。よく知らないアーティストの人たちがさっきから店内ラジオでちょいちょいスベってて得体の知れない恥ずかしさにちくちくやられてるのはあたしだけかな。

あたしたちってのはフーカとミリと、ナギと同じ理数科で頭もよければテニスも上手で可愛くて性格もよい不平等の象徴みたいなアンナの計四人で、駄目だよねって思いながらもまあさっきまで運動してたしねって全員Lサイズのポテトがんがん口に放り込んでる。

同じ店内ラジオを何周も聞いててスベりポイントでぐっと心を岩にして恥ずかしさを打ち消すコツを掴んだあたりでみんなマックの硬すぎる椅子のせいで尻が痛くなってきたので解散の空気になる。椅子の硬さとかBGMのうるささは客の回転を速くするためだってミリが教えてくれてセカイって割とキツいって思ったけどポテトとコーラだけで二時間も粘る金欠JK集団の方がキツいのかな。

「ねーアンナ、ナギってさ、クラスでどんな感じ？」

トイレ待ちのフーカとミリを置いてあたしとアンナは先に店からでていて、ふたりきりなのでちょっと尋ねてみた。

「ナギって、有栖くんのこと？」

そう、アリス・ナギ。上も下もなんか美少女みたいな名前の、あたしのちょっと風変わりな、可愛い幼馴染の男の子。

「すごい頭いいよ。特に数学と物理」

「……そりゃまー、知ってる。理数科だしー」

「無口だけど、話しかけると話してくれるし、私けっこう仲いいよ。今度ね、一緒に名古屋のオープンキャンパスに行くんだ」

「は？」

多分今年最高にでかい声を駅前に炸裂させてしまってアンナは驚いても相変らず可愛かったけど今はそれどころじゃない。

「名古屋？　ふ、ふたりで？」

「う、ううん、クラスの子たちと四人で……」

ふーんって今更冷静ぶって意識の上澄みだけで応じるんだけど薄っすらパニックで、トイレから帰還したフーカとミリのだるそうな声がすりガラスの向こうの景色みたいに霞んで聞こえてくる。


あっという間に七月最後の日になっちゃってそれももう夕方で、あたしはナギと二度目のスケッチに来てる。空はずんと曇天で海も不健康そうな灰色で、いつもこの公園から見る海は静かだけど今日はなんか波立ってるし雨になる前にさっさと撤収したいけど、

「あ、あ、雨はあ、あと三時間くらいだ、だ、大丈夫」

ってこの前と同じ青いシャツを着たナギは言ってて、ナギのこういう野生っぽい感覚って外れない。風の音でわかるんだってさ。あたしは形だけスケッチブックと2Bの鉛筆を手にして海な

んかそっちのけで右にちょこんと座ってるナギの様子をちらちら気にしてる。

アンナからオープンキャンパスの話を聞いてあたしは割と動揺してる。ナギが親元を離れて進学しようとしてること、クラスにちゃんと友達がいて一緒に出掛ける予定があること。あたしそんなの聞いてないってダサい上司みたいなこと思ったし調べてみたら日程的に多分行くのは国立の名古屋大学であんたらそんなに賢いのかよ。

うだうだ考えてたら、ナギはやっとパレットに絵の具をだし始めた。ゆっくり慎重にやってるのに絵の具の蓋をひねった途端に黄色の中身がぶちゅって飛びでて指についてしかも蓋が足元に転がっていった。反射的に立ち上がってそれを拾って渡すとナギは照れて笑って、汚れた指をバケツの水で洗う。手先が不器用なのは変わってないなってあたしはなんかほっとする。

でもなんで黄色？　今あたしに見えてるものに黄色なんてなくて、公園を覆ってる灰色のコンクリ？　と海辺に沿ってずらっと続く黒い安全柵とこれまた灰色の海と空、それに海から突きでた黒い大岩みたいなミサゴ島と若干緑っぽいけど曇天のせいかやっぱり黒っぽく見えるベンテン島だけで、どこに使うのその色って思ってたらナギは赤とか茶とか紫とか海の絵には使いそうもない色ばかりだして、絵の具が筆先から落ちた水滴で薄まっていくのを見てた。

「……ナギ、今度みんなで名古屋行くんでしょ、アンナに聞いた」

あれ、なんだろ、あたしいつもよりも早口になってるな。

「なんで？　みんなに誘われてうまく断れなかったの？」

「ち、ち、ち、違う。ぼ、ぼ、ぼくが」

「行きたいってナギが言ったの。名古屋、都会だよ。死ぬほど人がうじゃうじゃしてさ、色んな音が鳴ってうるさいんだよ。怖くないの」

あたし、いつもみたいにナギの言葉が終わるのを待てなくなってる。やばいかもって表情を窺ってみるけどナギは別に怯えても困ってもなくて別に普通で、でもそれもなんかもやもやするな。

「こ、こ、こ、怖いけど」

「じゃあなんで」

「で、でも、ど、ど、どうせ全部怖いから、だ、だ、大丈夫」

そう言ってナギはちょっと笑って、めちゃくちゃ薄めた紫色の雫を紙にぽとっと落とす。ちっちゃい水のドームの中で紫のもやもやがさまよってやがて夢のように紙に滲んで広がる。次は黄色、次は赤、そして茶色。色のついた雫がばらばら落ちて紙に染みこむ。

えーと、あんた海を描いてんじゃないの？　あたしはなんだか気が遠くなってきて、ナギの野生のカンなんて外れてさっさと雨が落ちてくればいいと思うけどそうはならなくってむかつく曇天だ。


あたしがボールを打ち返す音は「ぽこん」でミリのは「しゅぱっ」と鳴るのはなぜなんだって

思ってるうちに練習ゲームはあたしのストレート負け。真っ青な空で太陽がフルパワーなせいで汗だくなあたしにフーカが薄いポカリの入ったボトルを渡してくれる。

「やっぱミリちゃんうまいねー。超センス感じる」

フーカがあたしへのフォローっぽく言ってくれる。実際ミリって何やらせてもサマになるというか、ふっと力が抜けてるのに要点は捉えててかつ自分のスタイルがある感じで、一番声だして頑張って練習してるアンナもミリには勝てない。センスとか才能ってやつに嫉妬できるほど努力もしてないくせにそういうワードで言い訳するのはダサいけど癖になってる。だよねーセンスセンスなんて言ってフーカに笑いかけてるあたしはちゃんと笑顔かな。

明後日は一年と二年が全員受けさせられる夏の全統模試があって、直前くらいせいぜい悪あがきしろって感じで明日の部活は休みだ。

「模試なんてめっちゃ範囲広いのに一日だけ休みでもさー」

部活後に空き教室でいつもの四人でお昼食べてる最中にあたしはぶっこんでみたけど、常に真面目に勉強してるアンナへの嫌味っぽくなってないかこれって言ってから不安になるけどそれなーって呟いてくれる優しいフーカがあたしを助けてくれる。

「模試かー。レナちゃんもう進路とか決まってるん？」

「ん、やーまったく。進学かなーとは思ってんだけどね」

「そっかー。レナちゃんママ看護師さんじゃん？　同じ道とか？　近くに看護学校あるしさー」

うーんって首傾けながらフーカに応えつつ、あたしに話が集中するのはやだなって思ってミリに振ってみる。

「私は専門。東京の。美容師のコース」

ミリがしゅぱっと言っちゃうもんだからあたしは魂みたいなのがふっと逃げてく感じがして、反射でえーまじ似合うとか言ってる自分をそのあたしの抜けでた魂が上から冷静に眺めてる。

「私は、大学はまだ迷ってるけれど、法学部かな」

既に死体になりつつあるあたしに追い打ちをかけるアンナ選手。

「アンちゃん弁護士？　かっこよ！」

「法律に興味あるの。法体系ってその国のかたちだと思うから」

「うー、アンちゃんインテリやなー」

しっかり返事するフーカと違ってだんだんあたしは自分がいま何食べてるのかもわからなくなってみんなの声は聞こえてるけどそこに意味なんてなくて、耳の奥がきーんと鳴り始めてそのきーんが空洞のなかで反響するみたいにどんどんうるさくなっていく。

全統模試で爆死して別に勉強なんてしてないけどあーあって萎えた気分引きずったままお母さんの作り置きのネギ多め塩焼きそばをレンチンしてほおばって、いつもテストの出来なんて気にしないのになんでこんなにダメージくらってんだろってベッドでうだってるとアツヤから電話があって、スマホ持ってベランダにでたらまだ昼の熱がむわっと残る潮臭い夏の夜の空気にもわっとぶつかって、あたしって海の近くに住んでんだなって思いだす。

電話の向こうはなんかどやどや騒がしくて多分アツヤは模試の後なのに練習してたんだな。野球部のやつらがレナちゃーんとか斉藤ーとか馬鹿っぽい声であたしの名前叫んでて、うっせーぞってアツヤが言ってる。ていうか一人になってから電話しろよな。

「わりい、こいつらうるさくて」

「んー大丈夫。部活おつかれー」

あれ、苛ついてんのになんであたし可愛い声つくってんだろ。そういやあたしネギ臭い？　ってこれ電話だったな。

「あのさ、明後日は部活ないからさ、どっか遊び行こう」

アツヤが言うとひょーとかふぉーとか超頭悪そうな囃し声が後ろで鳴ってこいつらほんとに同級生かよって絶望する。明後日はたしかナギがアンナとオープンキャンパスに行ってるはずで、それ想像するとなんか呑気に遊ぶのは気が乗らないのにいーよってオーケーしちゃって、あたしの声が周りのやつらにも聞こえてんのかまたはしゃいだ声が大量に発生する。一斉に鳴きやがってお前らセミかよ。

「ねーアツヤってさあ、進路とか決めてる？」

そういや聞いたことないなと思ってあたしは質問してみた。

「ああ、おれは教育学部」

「え」

いや全然、って返答を期待してたあたしの裏切られた喉はすごく平べったくて低くて可愛くない声を生みだしてしまった。

「中学か高校の体育教師になって、野球部の顧問やりてーの」

「あー、そーなの」

「え、なんだその反応」

いーじゃん、きっと向いてるよそーいうの。多分あたしの無意識というか、知らないうちに長い時間をかけて作り上げてきた機械っぽい部分が自動的にそんな感じのフレーズを差しだしたんだと思うけどちょっと自信なくて、お風呂湧いたわよっていつの間にか帰宅してたお母さんが一階から怒鳴るのを聞いたときあたしはベランダの柵にもたれてまっ暗い誰もいない家の前の道路に目を落としてた。


今日はヒロシマに原子爆弾が落ちたっていうか落とされた日で、たしかあれリトルボーイっていうんだっけ。あたしがベッドから這いでたときにはそれがあたしがまだ行ったことないその街アンナの空で爆発した午前八時十五分を全然過ぎててなんだか自分が人でなしみたいな気分だ。アンナなら黙とうとかしてたのかもな。

一階におりてテレビつけると戦争のヒサンさとか被爆国としてのセキムとか記憶のケイショウとか訴える番組があって普段ならスルーするんだけどなんでか今日はぽーっと見ちゃう。

朝とも昼ともつかない時間に食べたベーコンエッグでギトギトのお皿を洗いながら、戦争やってた時代のことをぽやっと想像する。ゼイタクは敵で欲しがりません勝つまではで特攻隊で竹槍なセカイで、あたしみたいな田舎の十七歳の女の子は何を思ってたんだろ。夢とか進路とか偏差値とかキャリアデザインとかそんなの全然問題じゃなくて、空襲とか疎開とか栄養不足とか家族や同級生の男子が兵隊にとられたまま帰ってこないとか、そんな切羽詰まった本物のゲンジツのぴんとした怖さと、今のあたしの感じてる濁ったゼリーみたいな弱い怖さとは、きっと全然手ざわりが違うよな。

ああ、誰かとお話ししたい。うだうだだべるんじゃなくてなんかもっとちゃんと対話がしたい、いやそれもなんか違くてさ、あたしが今何を思ってるかあたし自身がちゃんと見定めて、それを言葉にできるまでそばで黙って待っててくれる人が欲しいんだ、多分。

寝癖も直してないパジャマ姿のままでいちおう歯磨きだけはちゃんとしながら、洗面台の鏡の中の斉藤レナつまりあたしをあたしはこいつブスだな可愛くなりたいなってぼんやり眺める。

なんかさ、空から神様みたいに偉い人が降臨して、おまえはあれをしろこれになれってしゅぱっと命令してくれたら結構いいよな、なんてぽやっとしてて気づいたら口の中に死ぬほど唾が溜まってる。

でもまあ歯磨いてシャワー浴びて髪さらさらにしてさらさらの服着るとなんか気分が持ちなおすのは不思議なもので、じゃあ毎日早起きして朝一でシャワー浴びればあたし無敵じゃんって思うけど人間ってそんなに強くないんだよな。

マグカップに麦茶と氷入れて自分の部屋に持ってって、いい加減宿題やらんとなって机に向かった途端、今日はナギと絵を描きに行く日だって思いだして手が止まる。いつも通り夕方五時集合の予定でまだ余裕だ。でも、ナギと会うの、なんか気が乗らない。めんどいってよりは億劫が多分正確で、あの子に会うのがちょっと怖い。あれ、そんな風に思ったの初めてかも。ナギの心配じゃなくてあたしはあたしの心配してんのか。麦茶の中で溶けた氷がカランと冷たく鳴る。その鮮やかな音が脳のどこかのスイッチを押してしまったのか、ＬＥＤスタンドの白い光が急に眩しく感じてスイッチを消す。

「ごめん熱でちゃった」

朝早くアツヤにラインして勿論これは仮病で、寝つけなかったあたしは割と本当に気分が悪かったんだけど体温なんて測ってない。

アツヤの返事が怖くてスマホ見る気になれなくて昼過ぎまでエアコン効かせた部屋で布団にくるまりながらぶつ切りの浅い眠りを繰り返して、さすがに喉っていうか口が乾いてきてリビングにおりてくと、今日は仕事休みのお母さんが昼食のそうめんの薬味を刻んでて、駄目なやつを見る目であたしをにらむ。

「あんた寝過ぎ、豚になるわよ」

「子供は眠いの。あとそれ豚サベツでアウトね」

「十七歳の女はもう立派に大人」

オトナ。たしかにからだはね。あたしのシルエットって割と女の子っぽくて、フーカとかアンナよりはあたしの方がエロい、いや性格じゃなくてからだがね。でもからだは勝手に伸びたり膨らんだり丸くなったり血がでたりして、あたしの魂を置いてけぼりにして大人の準備を順調に進めてしまってさ、それはなんか結構理不尽だよな。

「ねーお母さんさあ、ＪＫに戻りたいって思う?」

食欲は無いけど、みょうがは使わないでねぎとちょっとのしょうがを入れたそうめんすすりながら、あたしは尋ねる。

「そのＪＫっての、馬鹿っぽいからやめなさい」

「えー、それあたしじゃなくて時代のせいじゃん」

ふんと鼻を鳴らしてつゆと小さい氷の入った器とテレビの昼のワイドショーを交互に見てるお

母さんの目元には貫禄のあるクマがあって、それはあたしが夜更かししたときにできるやつとは次元の違う迫力がある。やっぱり必死で働いてんだよなお母さんは。

「べつに戻りたくないわ、高校生なんて」

「えーなんでよ」

「治安が悪いから」

「は？　お母さんって元ヤン看護師なの？」

「馬鹿なのあんた。心の治安が悪いってこと」

心の治安？　あたしがその言葉とそうめんをきちんと呑み込む前に食べるの超早いお母さんが自分の空になった食器を片づけ始める。

「そういえば、さっきスーパーでアコさんに会ったわ」

へーってあたしはヘイセイを装って言うんだけどちょっとどきっとしてて、スーパーってのは多分近くのマックスバリュのことでアコさんってのは確実にナギのお母さんのことだ。

「あんた最近ナギくんとお話しとかするの？」

あれ、こういう言い方するってことは、アコさんはナギがあたしと一緒に絵を描きに行ってることお母さんに話してなくて、ということはきっとアコさんは知らないんだ。ナギ、秘密にしてるんだ。

「そうだ、ナギくんにメロン持ってってあげなさい。鈴木のおじさんが送ってくれたやつ」

鈴木のおじさんってのは静岡県内のフクロイ市ってとこでメロン農家やってる、よく関係性がわからんけど多分お父さんの親戚なのかなって感じのおじさんで、毎年夏になるとクラウンメロンっていうなかなか高級な果実を送ってくれる有難いおじさんだ。

「えー、お母さんが行きなよ」

「私が持ってってもナギくん喜ばないでしょ。頼んだからね」

がっと言い放ってお母さんはいつか奮発して買ったダイソンのコードレス掃除機を抱えて二階にずかずか上がっていってしまって、視線を手元に落とすとつゆを吸ってというか吸わされて若干太くふくらんでしまったかわいそうなそうめんが目に入る。

まいったな。あたしは昨日ナギの約束すっぽかして今日はアツヤとの約束も仮病で逃げて、もうみんなにあわせる顔なくて、一回逃げるとまた次も逃げたくなって、なんか倒しちゃいけないドミノの先頭を蹴っ飛ばしてしまったみたいな気分だ。

部屋に戻るとあたしの手は知らぬ間にスマホ探してて、アツヤからの通知に気づいてしまうけどそれを開く勇気なくて通知のポップを消して、もう何かで気を紛らわしたくてしょうがなくって、メロン持ってくのは渋ったくせに急にナギのことが気になって、今ナギと一緒に名古屋にいるはずのアンナに電話をかけたけどすぐに怖くなって二コールくらいで切ってあーあって天井に呟く。

当たり前だけど海って超でかいです。なんかもう馬鹿みたいに広くてこの星に陸地があるのって奇跡なんじゃないですか。

とうとう部活もサボってあたしはナギと絵を描くときのあの海浜公園に来てて、海とあたしを隔てる太陽で熱くなった黒い柵に手をかけてきらきら揺れて輝く海が眩しくて目を細めてる。心がへたっと弱っててつい海を見に来ちゃったなんてベタ過ぎてあたし脳みそ空っぽかもって呆れるんだけどベタって必要だからベタなんだな。

海ってなんか超巨大な生き物の胃の中みたいでさ、いつかこれがあたしたちをざぶんと呑み込んで、波に揺られながらでろでろに溶かされてからだもこころもあぶくになって消えて、みんなとひとつになりたいんじゃなくてあたしっていう名前の境界線が消えるのが重要でさ、そういうありえない妄想ってなんか安心するな。

右の方からぶおおってエンジン音を立てながらペリーの黒船をモチーフにした遊覧船が港に戻ってくるのが見えて、ああ夏休みだ、そういやここ下田だったなって感じだ。ていうか黒船って平たく言えば日本を侵略しにきたんだよね、そういうものすら観光に活用にしちゃうってすごい。まあでも人間なんて侵略しかしてないかもな。

なんてぽやっとしてたら小さい子供の笑い声がきらきら聞こえてきて後ろを振り返ると、三歳くらいの男の子がお母さんと手を繋ぎながらてけてけ歩いてて、その隣にいるそこそこイケメンなお父さんは白い毛玉みたいなポメラニアンを散歩させててもうなんか嫌味なくらいお手本みたいな家族だった。

ああ、いいな。あたしも何かを可愛がりたい。自分よりもずっと弱くてふにゃふにゃで無力なものを守ってあげたい。そういう役割とか義務で自分のことなんて忘れて、けどそんな自分に誇りを持って生きたい。あたしにもそういう子がいたんだよ、ちょっと前まで。

「あのね、レナちゃんちょっと過保護じゃないかな」

昨日アンナから折り返しの電話が掛かってきてそう言われてしまって、そのカホゴって三文字はからだに悪い埃みたいにあたしの胸を詰まらせて、あたしは急に声が枯れたみたいになって何か言い返したと思うんだけど一体何を言ったんだっけ。

でもさアンナ、あんた昔のナギのこと知らないじゃん。学校に来れないどころか部屋からでられなくて、たまに来てもあたしたちには何が怖いのかよくわかんない些細な音とか声に怯えて両耳を塞いでうずくまってしまって、あたしはよくナギと一緒に保健室とか図書室に行ってアコさんの迎えを待った。アコさんが先生たちと何度も話し合いをしてたのもナギを遠くの病院に連れていってたことも薬をもらってたことも知ってる。四年生くらいからは少しよくなって登校することも増えたけど教室にいるときはいつも耳栓してさ、それを隠すためにあの子は髪を伸ばし始めたんだよ。授業で発表するとか合唱とかリコーダーとか大縄跳びとか平泳ぎとか跳び箱とかできなくて、あの子が目を閉じて声も上げずに泣いてるのをあたしは何回も見た。そういう日はナギが落ちつくまでそばにいて、そのあと一緒に歩いて下校した。ナギは自分の決めたコースでしか登下校できなくてさ、ちょっと寄り道するのも近道するのもできなかったんだ。そういうのあんたにわかる？　ねえアンナ、セカイってさ、多分あんたやあたしが思ってるよりずっとキケンな場所なんだよ。あたしたちは偶然たまたま丈夫でドンカンに生まれただけなんだよ。

「レナちゃんの気持ちはわかる。でもそれは昔のことでしょう。今は有栖君、私たちのクラスで普通にやってるよ。配慮はしても必要以上に気は使わない。弱いとも思わない。みんな有栖君を尊敬してるよ」

だからさ、それがわかってるからさ、あたし困ってんだよ。


インターホンのボタンを押すとあたしの家のやつよりなんか上品な音が鳴ってアコさんの可愛い声が「はぁい」って言う。なんかいい匂いのしそうな声なんだよアコさんの声ってさ。って変態かよあたしは。

「なんだか久し振りね、レナちゃん。元気？」

ドアを開けてくれるアコさんはあたしの記憶よりもちょっと痩せてて髪も短くなってる。アコさんは線が細くてでも目が大きくて綺麗でやっぱりナギは母親似だな。

「あの、これどうぞ。親戚からたくさんいただいたので」

冷蔵庫からだしたばかりのなるべく形のきれいなメロンをなるべくきれいな紙袋に入れてきた

ものをアコさんに渡す。メロンは図らずもナギに会いに行く口実になってくれて鈴木のおじさんに感謝。

「あら、メロン？　豪華なものをありがとう」

「いえいえ……、その、ナギは、どうしてますか」

「ああ、あの子ならもう元気になったわよ。部屋にいるから、よかったら久々に上がっていって」

もう元気になった？　なんだか焦ってぱたぱたと靴を脱いで二階にあがって久し振りにナギの部屋をノックすると、ど、ど、どうぞってナギの声がした。名乗らなくても、ナギの耳なら玄関での話し声を聴き分けてあたしだってわかってる。

相変わらず神経質なくらい整った部屋だ。脱ぎ散らかした服とか飲みかけの缶とかお菓子の袋とか全然なくてすべてが決められた場所におさまっててぱきっとしてる。でも本棚はちょっと奇妙で、著者名順とかじゃなくて背表紙の色で虹をつくってる。つまり赤から始まって黄色になって緑になって青になって、って順番で、しかもそのグラデーションが嘘みたいに正確だ。その本棚の上にはナギのお気に入りの青いものコレクションが整列してる。小ぶりの地球儀、シロナガスクジラのフィギュア、青の面をこっちに向けたルービックキューブ、いつかあたしが旅行のお土産にあげたスノードーム、あとはガラスの写真立てに入れられた青いあたしの知らない絵画のポストカードがたくさん。

あ、机の上に、あのスケッチブックが置いてある。

「メ、メ、メロン、あ、ありがとう」

勉強机の椅子に腰かけてる猫背のナギがあたしに言う。

「あー、うん、メロンね。じゃなくて、あんた大丈夫なの？」

聞いてみるとやっぱりナギは名古屋遠征でだいぶ疲れてしまったようで昨日はちょっと熱がでて寝込んでたんだってさ。そんなの当たり前で、名古屋って下田の二億倍くらい人がいるうるさい大都会だもんな。新幹線のひかりものぞみも停まるんだぞ。

「ほ、ほ、ほんとは東京にも行くよ、よ、予定だった」

えっ、と声が漏れてしまう。まさか東大じゃないよな。

「で、で、でも抽選が、は、は、は、外れた」

ていうかオープンキャンパスって抽選制なのか。そんなこともあたしは知らなくて、でもナギはちゃんと調べて応募してたんだな。

「偉いね、ナギは」

「え、え、えらくない」

「偉いよ」

「え、え、え」

「この前さ、本当にごめんね。あたし約束すっぽかした」

「い、い、いい。き、気にしないで」

そう言ったあと若干固まって、七秒くらいかけて動きだしたナギは机の引きだしからビニール袋に入った平べったいものを取りだして、ドアのとこで突っ立ったままのあたしに渡した。

「お、お、お、おみやげ」

お土産。渡すことはあってもナギにもらうことはないだろうって思ってたもの。中身は表紙にNAGOYA UNIVERSITYって緑色で書かれたノートでこれってあたしにもっと勉強しろってこと?

ありがとって言って、あたしはなんか気が緩んでナギの前なのにため息をついてしまって慌てて微笑むけどナギは割と平気な顔であたしを見てる。昔のナギは他人の不機嫌な表情や身振りや声にすごく敏感に怯えてたのに。いつの間に強くなったんだろ。それとも、元々ナギって本当は強かったのかな。

「ねえナギ、あたしさあ」

そこまで言った途端に言葉を見失って、なんでかこの部屋に腰をおろす気になれずに立ちっぱだった足がふらついて咄嗟に近くの壁に手をつく。あたしナギに何言おうとしたんだろ。多分きっと言うってより吐きだすっていう表現が似合うようなつまりはそれって弱音で、嘘、あたしナギに慰めてほしいのか。

「……アンナって、結構ナギのこと好きだと思うんだよね!」

ってなんだそりゃ。この流れでそんなこと言うのかよ馬鹿かあたし。ほらやっぱナギもぽけっとした顔してるしでももう今更遅い。

「すごいナギのこと褒めるしさ、ワンチャンあるよこれ。いーじゃんアンナ、かわいーし頭もいーし」

頼むから笑うとかでれでれするとかしてギャグにしてくれって祈るんだけどナギはすごく真面目な表情であたしをじっと見ててああもうやっぱりメロンなんて持ってくるんじゃなかったよ。

「れ、れ、れなちゃん多分、ね、ね、熱がある」

ナギはあたしのアホなトークは無視して、突拍子もなく言った。

「え？　別に、平気だけど」

「へ、へ、平気じゃない。いい、い、色が変だ」

色？　って訊き返す前にナギはごくたまに見せる俊敏な動きで部屋をでて体温計を取って戻ってきた。言われるまま測ってみると三七・一℃。あれ、微熱だけど、本当だ。

「あちゃー、夏風邪かなあ」

へらっと笑ってナギに体温計を返す。やせた真っ白い綺麗な手で受け取ったナギの目を細めた表情が見たこともないほど大人っぽくてどきっとする。その「どきっ」は熱くてなのに冷たく鋭くて、カッターナイフや包丁ですっと指先を切ってしまったときの、一瞬だけ意識が遠のくあの感覚にちょっと似ていた。

「れ、れなちゃん、な、な、なにかあったの」

「ん、んーん、なんもない」

あたしはなんか泣きそうな震え声になってて、それがわかってるからもう一回なんもない、って言う。


ここのとこずっとっていうか三日くらいあたしはベッドで布団被ってうだうだしてて、今日もまったく成果のないまま夕方になった。枕に染みこんだあたしの汗とかよだれとか髪とか皮脂の匂いがぐっと濃くなっっててあたしもやっぱり動物だな。

ナギの家で熱があるとわかって、ナギはやたら心配して徒歩二分くらいの近所のあたしの家まで送ってくれて嬉しいような恥ずかしいような。久し振りにナギに会ったお母さんはナギの色白美少年っぷりにテンション上がってて普通にちょっとキモかった。

その後ぐあっと熱が三八・五℃まで上がって本格的にダウンしちゃっていつも健康で生理も軽めなあたしが弱ってるもんだからお母さんが優しくて、アイスとかプリンとかばっかり食べてたら体力落ちて階段がちょっとしんどいけど顔はちょっと痩せた。

あれからアツヤとは全然会ってなくて、電話はくるんだけど風邪で声がだしにくいっていってメッセージだけでやりとりしてる。でもあたしの返事はいつも遅くてあいつきっと傷ついてるよな。

部活も全然行ってないからフーカもミリも、アンナも、心配して連絡くれる。それは嬉しくてでも煩わしくて、めんどくさいな人間って。依存するのもされるのも嫌で、でも自分が寂しいときは相手してほしい。寒い時は抱いて眠って暑くなったら放り投げる、そんなお気に入りのぬいぐるみみたいに他人を扱えたら楽かもしれないけどそういうの間違ってるよな。

なんかもう自信ない。成長すること生きていくこと女の子であること。未来の全部がぼやぼやした暗闇で、でも立ち止まってると足元の地面がぼろぼろ腐ってく気がするからやばい動かなきゃって思う。でも一体あたしに何ができんの。あたしって何で輝けるの。やりたいこと、自分の意見や強み、そういうの考えたことなかったかも。だから駄目なのか。周りの空気読みながら自分をサボってドブに捨ててきた時間たちがいまあたしに復讐してんのか。

やばい闇落ちしそう。からだが弱るとこころも駄目だ。枕に顔をうずめて匂いを吸い込む。静かでうるさい暗闇にあたしの匂いだけがある。なんで時間って止まらずに流れるんだ。時間なんて死ねよ。

キンコーンと玄関の呼鈴が鳴る。どうせヤマトか郵便局だろって思ってたらお母さんがでかい声であたしを呼んだ。

「レナー、ナギくん！　お見舞いにきてくれたわよ！　部屋あがってもらうからね！」

言葉を理解して二秒くらいしてからどわって思って、着替えて髪整えて窓開けて換気して床に落ちた服とかごみとか片づける。ていうかお母さんいきなり娘の部屋に男の子通すなよ。

最低限の身だしなみ整えてから病人らしくベッドに戻ったとき丁度ナギがドア前に到着して、青いトートバッグを持って部屋に入ってくる。ナギはおずおずとベッドのそばに正座して、あたしに野菜ジュースとかレモン飲料とかゼリーとかポカリをくれる。

「ビ、ビ、ビタミンと、で、でで、電解質」

デンカイシツって何だっけと思いながら、ありがとって言って笑顔をつくるけどあんまり喋ってないせいか頬と喉の動きが固い。

「ま、ま、まだ声がい、い、い、いつもと違う」

「そうかなあ。もう、だいぶ普通だよ」

「よ、よ、弱ってる。ぼ、ぼくにはわかる。い、いい、色が違う」

また色か。色って何の色だろ。顔色？　ナギの言うことってたまにわからないけどあたしのこと真剣に純粋にまっすぐ心配してくれてるのはすごく伝わって、ナギの綺麗な悲しそうな顔見てると胸とか胃とかきゅううって握りしめられたみたいになって呼吸が浅くなる。

「……ねえナギ、手、かして」

あたしが言うと、ナギは戸惑いながら右手をあたしに差しだして、あたしは寝たまんま左手でそれをつかむ。あたしと同じくらいの大きさでちょっと骨ばってて冷たくて、でもすぐ熱くなって汗ばんでくる。指を絡める。昔、小学校のときはよく手つないで下校したね。そんな言葉が思い浮かぶけど黙ったままナギの赤く染まっていく顔をじっと見つめる。長い前髪の向こうの目元の筋肉がひくひく震えはじめて、柔らかそうな唇もふるふると動きだした。可愛い。このまま腕ひっぱって抱き寄せてほっぺや首筋にゆっくりキスして、みたいなこと、これまで想像もしなかったこと、考えてしまう。

あたしは上体を起こして、空いてる右手でナギの髪を撫でる。ひ、ってナギが声を漏らした。でもやめない。ごめん。あたし心臓が早くて血が熱くなってる。子供みたいに艶があってさらさらの髪が可愛い。あたしの手汗とナギの頭の汗で髪がへたってくると、別のまださらさらな場所を撫でていく。

もうさ、あたしたち年とるのやめてさ、大人のからだと子供のこころのままでいようよ。東京とか名古屋とか大学とか、そんなめんどくさい怖いことやめて、安心できて気持ちいいことだけして過ごそうよ。いまの可愛いナギのままでいればいいじゃん。

頭をひととおり撫でて、あたしは手をナギの耳に滑らせて、やわらかい耳たぶをそっと挟んだ。夕方のぬるい風がカーテンを揺らしてあたしたちを撫でていく。ナギの前髪がふわっと浮かんで、汗じゃない、光る粒を見る。ナギが静かに、とても綺麗に、神様みたいに泣いていて、あたしのセカイはさあっとゲンジツの夏に戻る。


うまく眠れない夜が続く。たまに祝福のようなぶつ切りの眠りが訪れても夢にでてくるナギの顔があたしをすぱっと覚ましてしまう。人ってあんな風に美しく泣けるのかっていうぼうっとした感動と、してはいけないことを犯してしまった取り返しのつかない罪悪感が灰色のぐちゃっとした波になってあたしを攫っていくけど、その波が、今日も海に行かなきゃってあたしに教えてくれる。

あの日、ナギが帰った後であたしはアコさんに電話した。あたしナギを動揺させてしまいました。いえ、喧嘩とかじゃないんですけど、とにかくごめんなさい。そう言って電話の向こうのアコさんには見えないのに必死にお辞儀ばっかりした。

「私に謝ることないのよ、レナちゃん」

アコさんはしばらく沈黙してて、そのあとそっと言った。

「あの子は、あなたのためにもっと悩むべきなの」

「えっ」

「だってこれが最後の夏休みだもの」

「……最後って、来年だって」

「来年は時間がないでしょう、ふたりとも。一緒にいられるうちに、ナギにはレナちゃんのことを沢山考えてほしいの。あの子がここで生きてこられたのは、どう考えてもあなたのお陰だから」

あたしのとろい頭が返事を考えているうちに、メロンをありがとう美味しかったみたいなこと言われてそのまま通話が切れた。もう時間がない。その言葉が心臓の周囲をぐるぐると人工衛星みたいに飛び回ってた。アコさんはもう、ナギがここを離れることを覚悟してる。ナギを信頼してる。人と音の海に放りだすことを決めている。来年のナギはあたしみたいなやつに構ってなんかいられない。そういうことをアコさんは言ったんだ。

「ナギ、あたし、海で待ってるからね」

スマホに向かってあたしは話す。そっと耳元で囁くように、でも、遠ざかる背中に声の圧力の塊をぶつけるみたいに。

録音を済ませてボイスメッセージをナギのラインに送る。聞いてもらえたらきっとあたしが真剣だってわかるよね、あんたの耳なら。

その日から、あたしは毎日、夕方五時に海辺の公園に通った。雨も風も関係なしに自転車をがんがん漕いで、太陽がとっぷり沈みこんでしまうまでの二時間くらいをじっと待った。背筋伸ばしてスマホ触らずに、耳を澄まして空と海にからだを開け放つみたいにして。来るのか来ないのかわからない人をただ待つなんて携帯持ってからは初めてかもしれなくてじれったくて不安だけどそれはなんだか誠実なことに思えた。お母さんたちはこういうのが当たり前な時代に育ったんだよな、そりゃあたしなんかより強いよな。

空と海は時間そのものみたいに一秒も止まらずに流れて揺れて、荒れることもあるけどでもせかせか急いでいるわけでもなくて、こういうものがまだセカイに残ってるんだってなんかおばあさんみたいな気持ちになる。日によって見える距離も範囲も、色も速さも音の響きも違って、だけどそれは同じひとつの空とか海とかって名前で呼ばれるもので、でもそれだけじゃそれを知ってるってことにはならない。海も空も、状態の名前じゃなくて、あくまでもソンザイの名前だから。詳しくはよくわかんないけどとりあえずそれはそこにあるよねっていうことを、ひとまとまりの音と文字に託しただけだから。それは人の名前でも同じだよな。名づけるときって真剣になるもんな。

ああ、なんか嬉しい。あたしにもこういう風にものを考えることができたんだ。人を待っている時間ってちょっとステキかも。

ナギ。ずっと弱くて何もできない変わり者だと思われてきたナギは、中学校から変わった。いや変わったのは周りのみんなでさ、学力ってものが価値を持つようになってから、ナギは頭がいいってことにみんな気づいた。三次方程式とか暗算しちゃうんだよ。つっかえながら話すことや運動が駄目なのは変わらなくて、教室で耳栓してるのもたまに保健室で休んでしまうのも一緒だけど、有栖ナギは優秀な頭脳の持ち主だってみんなてのひら返して認めた。そういうケイハクさにあたしは苛立ったけど、ナギをからかうやつは自然といなくなった。先生はナギを心配して三年間あたしと同じクラスに置いたけど、あたしがでしゃばってナギを庇わなくちゃいけないことはどんどん少なくなって、それよりもあたしはクラスの女の子とうまくやってくことに神経と時間を注いだ。本当のあたしはどんどん薄まっていって、多分あたしが今のあたしみたいな、お母さんに馬鹿っぽいって言われるような喋り方になったのはこの頃だったな。あたしは頑張って馬鹿の演技を続けて本当に馬鹿っぽくなって、ナギは賢く強くなっていった。

それでも、ナギの近くにいると安心してしまうのは、ナギがあたしのこと無条件に好きで、あたしに逆らわないってあたしが知ってるからで、本当はナギがあたしに甘えてるんじゃなくて、依存してたのはあたしだ。だからあの日、ああやってナギに触ってしまったんだ。あたしはあのことずっと忘れない。あたしはあの爆弾をあたしにケイショウしなくちゃいけない。

その日は朝からどよーんと曇天で湿った重たい風が吹いていて、まだ雨を見たことない人にだってそれを予感できそうな空だった。

まだ日没には時間があるのに薄暗くて、たっぷり水分を含んでそうなぶ厚い雲は試合前のアップを始めたみたいにぐらぐら動いててこりゃ今日も駄目だって腰を上げようとしたとき、あたしに近づいてくる軽くて遅い足音とちゃぷちゃぷ揺れる海ではない水の音に気づく。あたし、この不器用なリズムを知ってる。

「ナギ」

あたしの声にナギは頷いて、でも目を見てはくれなくて、だけどあたしの隣に腰をおろした。リュックからスケッチブックを取りだして、前見たときと同じ、赤とか黄とか紫とかの大きさのバラバラの色の染みで埋められた、あの紙を開く。

黙ったまま絵の具をパレットにだして、濡らした筆で薄めていく。淡い色水になったそれをナギはナギにしかわからない法則に従ってぽとぽとと紙に落としてぼわんと滲ませる。既にあった色と新しい色が混ざって別の濃い黒っぽい色にじくじくと変化していく。

「ご、ご、ご、ごめんなさい」

ナギはあたしが先に言うべきその言葉を、言ってしまった。

あたしはもう辛くって悔しくて、それが胸の中でがたがたした粗い氷みたいに固まって、でもそれがぎゅんと声になった。

「なんでよ。あんたは何も悪くないじゃん」

「ぼ、ぼ、ぼくは」

ぽと、ぽと、と色の水を、はじまりの雨粒みたいなリズムで紙に垂らしながらナギは続ける。

「ま、ま、魔法使いは悩まないと、お、お、思ってた」

「魔法使い？」

「み、み、みんなま、ま魔法使いだ。つ、強くてな、なんでもできる。ぼ、ぼくとちがって。で、でも」

ぽと、ぽと、ぽと。色が次々に墜落して紙で爆ぜて跳ねて染みて、少しずつ余白を占領していって、混じりあった色は不穏に不気味に黒っぽく揺らいで滲んでいく。

ああ、これ、空襲だ。戦争なんだ。治安が悪いんだ。

「れ、れなちゃんにも、こ、こ、怖いものがあるってあ、あ、のとき、わ、わ、わかっ、た」

ふるふる震える唇が懸命にあたしのための言葉をつくりだしていて、ナギの顔には汗の粒がたくさん浮かんでいる。闘ってる、闘ってきたんだ。あたしたちには見えない聞こえないよくわからないたくさんのソンザイとこの子は、静かなまま。

「ナギ、あのねあたし」

自分がこれから何を言うのか知らないけどでもとりあえず名前を呼んであげたくて、そういうあたしの声に、重くて硬い、ぐあっと振りおろされる鉈みたいな声が割り込んだ。

「レナ。お前、何やってんだよ」

振り返ると、部活の練習着姿のアツヤが見たことのない凶暴な目つきであたしを睨んでる。声がでない。なんで、ここに。

「誰、こいつ」

アツヤは顎をしゃくってナギを見おろす。まずい。反射的にあたしは立ちあがってナギの壁になる。アツヤは舌打ちしてあたしを軽く払いのけて、ナギの足元のバケツを思い切り蹴飛ばした。薄く黒ずんだ水がナギの靴とコンクリを勢いよく濡らす。跳ねた水がスケッチブックにかかってしまう。からからとバケツが転がっていく。

「ちょっ、ちょっと、アツヤ」

「そういうことかよ。お前こういうやつがタイプなんだ」

何意味わかんないこと言ってんの、そう言い返そうとして、あたしはやっとアツヤがキレてる理由に思い当たる。

「違う、違うから、そういうんじゃなくて」

「違わねえよ。お前がこいつと一緒に家からでてくるの見たし」

「それは」

多分、あたしがナギの家にメロン届けて、熱がでてナギに送ってもらった日のことだ。アツヤ、寝込んでるあたしのお見舞いに来ようとして、うちの近くに来てくれてたのかも。

「なあチビ、お前さ、俺ら付き合ってるの知らなかったわけ」

アツヤはナギの前に屈んで凄むように言った。やばい、やめてよそんな声。ナギは真っ白くなった顔を伏せて、筆を握りしめたまま凍り付いたように固まってる。汗がすごい。

「やめてって！」

あたしは自分の中の恐怖ごと、アツヤを突き飛ばしてナギから引き離す。アツヤの体はぶ厚くて硬くて重くて、太くてでかいタイヤにぶつかったみたいな感触だった。

「帰って！　頼むから！　あとで話すから！」

声を絞りだす。それだけで息が切れた。足もがくがく震えてる。アツヤはすごい形相であたしを睨み返したけど、ゆっくりと表情が緩んでいってしゅんと悲しみに萎んでいく。あたしの脇を通り過ぎて帰っていく瞬間、わりぃ、って呟いて、その声がなんか痛かった。

冷たいシャワーをぼうっと浴びて、着替えて部屋に戻ると窓の向こうは静かな雨で、ベランダの窓を開けるとさーっという細かい砂が落ちてくみたいな音がする。あの凶暴そうな雨雲にしては思いがけない、拍子抜けな感じのやさしい勢いだ。

アツヤが帰ってからしばらくしてもナギは動けずにいて、固まってしまった背中を擦ったり肩を抱いたりしてなだめたんだけど駄目で、あたしは電話でアコさんを呼ぶしかなかった。現れたアコさんは黙ったままナギの背中を支えてさっと立たせて、公園の駐車場はもう封鎖されてるからアコさんは公園向かいのセブンイレブンに車を停めていて、あたしはナギの自転車を車に載せるのを手伝った。

ベランダにでて細い雨の音に耳を澄ます。空は暗くて黒いんだけどそこに重たい灰色の雲があるってことがわかる、そういう不思議な、深くて浅い色をしている。

ああ、雨ってきれい。こんな風に滑らかに、まっすぐ落ちる水みたいに生きたいな。でもさ、水だっていずれ集まって海に流れて、うねってざぶざぶ波だって荒れくるって、大地を削り船を沈めて街を呑みこむんだよな。ナギは大丈夫かなもう寝てるかな。なんで海の絵なの？　あんたを待ってる間じっと海を見てたけどさ、海って青いイメージだけどそんなに青くなくて、結構さ、汚くて暗い色だったよ。

なんだかくらっと眠くなって部屋の中に戻る。もう十一時をまわってる。シャワー浴びたのに汗かいてしまったからエアコンの風量を上げる。夜でも雨でもやっぱ夏だ。夏って、うざい。

ベッドに投げてあったスマホが震えてびくっとする。バイブ長い、電話か。あーあ、と呟いてスマホをとる。あれ、アツヤじゃない。

「ナギ、そちらにお邪魔してないかな」

早口でアコさんが言った。


ナギが消えた。アコさんがお風呂に入っている間に。靴がない自転車がないメッセージもない。アコさんの静かでだけど狼狽えてる声を聞きながら、あたしは着替えをすませてナギの家に急ぐ。ナギの家出なんて前代未聞でしかもタイミング的に多分あたしのせいだ。

階段をあがってアコさんと一緒にナギの部屋に入る。この前入ったときと何も変わってない。すごく普通だ。

あ、机の上にスケッチブックが、ない。

謎解きは必要なかった。ナギはいたずらにアコさんを惑わすことはしないけど、でも今回は、これはあの子の、秘密だから。

「アコさん、あたしだけで、行かせてください」

「場所がわかるの？」

あたしは頷く。わかります、べつに魔法使いじゃないですけど。

「雨、あとどれくらい降るの」

「こ、今夜はや、やまない。で、でも強くはならない」

「そっか。そう、あれ、あの今日のボウズ頭ね、あたしのカレシ」

「し、知ってる」

「知ってた？　馬鹿で乱暴でしょ。でもあたしのせいだよ。ごめん」

「へ、平気」

なんだか今のナギは調子がいい。つっかえる回数が少ない。あんなことがあったのにさ。本当に、強くなったんだな。

あたしたちは小さい折り畳み傘を持って、スマホをライト代わりに使って、誰もいない同じ公園の同じベンチに座りながら、墨汁みたいに真っ黒い海に雨がすんすんと降り注いでいくのを見てた。

「海、まっ暗だね」

「へ、平気。よ、夜の雨をま、待ってた」

そう言ってから、ナギは脇に置いたバッグから青いビニールシートをだして、足元に敷いた。濡れちゃってるけど、何すんだろ。次は絵の具セットをだして、青色と紺色と、ほんの少しの黒をパレットに何個所かに分けてだして、それをビニールシートに置く。細い雨粒が跳ねながら絵の具を溶かして、ゆらゆら乱して薄ませる。

パレットに水がひたひたになるのを待って、ナギはスケッチブックの、あの書きかけの、海には見えない海のページを開く。

「ちょ、ちょっとは、はなれて。よ、よ、汚れる」

あたしは立ちあがって指示どおりにする。ナギも腰をあげて、右手で水浸しのパレットを持ちあげて、左手に持ったスケッチブックに青い水をゆっくり、でも高い位置から浴びせるように注ぎかけた。

「え」

紙が吸い取れなくて溢れた薄青い水がたぱたぱとビニールシートに落ちて跳ねて、ナギの靴やパンツに星座みたいな染みをつくる。そしてナギはパレットを置き、今度はスケッチブックを両手で頭上にかかげて、自分も濡れながら、直接雨に打たせた。教会で天の声を聴く選ばれし者みたいな、そういうポーズだった。

「で、できた」

ナギは雨に打たれたまんま、体育館のステージで賞状をもらった優等生みたいな感じであたしに絵を見せる。

「こ、これがぼくの、〈海〉」

ぽたぽた水が滴るびしょ濡れのスケッチブックに描かれたそれは全然海には見えなくてさ、既に紙を埋め尽くしていた無数の色が、上から降ってきた暗い青と紺の水に溶けだして黒っぽく滲んだそれは、とても、暗くて残酷な感じだった。

「ぼ、ぼ、ぼくの頭の中は、い、いつもこんな風」

「頭の、中?」

「ぼ、ぼくには、お、音に色がつ、ついているように聞こえる。む、昔からずっと。だ、だ、だからうるさい場所にいると、お、音が混じってあ、あ、頭が黒くなってう、う、動けなくなる」

ただでさえ夜で暗いのに濡れた長い髪が顔にはりついててナギの表情はよくわからないけど、声は雨音の間をすり抜けてやけにはっきりあたしの耳に届く。

音に色が、ついてる。それってキョウカンカク、ってやつか。

ナギは音を聞いてるんじゃなくて見てるのか。

なんかステキ、じゃないな。書き込まれてるんだ。人も機械も自然も街も、もしかしたらナギ自身も、ナギの両耳に筆を突っ込んで、頭のなかに勝手に自分の色をべたっと乱暴に塗りつけていく。ひとつひとつは綺麗な色でも重なって滲めば黒に近くなっていく、このナギの、海の絵みたいに。

それって多分、きつい。あたしは胸が詰まる。なにもかもが敵ってことだ。騒音だけじゃない、たとえば誰かの優しい言葉も、その意味なんて関係なしにナギの黒を分厚く濃くしてしまって、そういう死ぬほどたくさんの筆からあんたは逃げられなくて。ナギのそばにいるときのあのすんとした静けさは、ナギがフィルターになって全部の音を吸い取っていたからだったのかも。

でも、それでもナギは、もっとうるさくて巨大で人の多い場所に、外のセカイに、行こうとしてる。

「で、でも、れ、れなちゃんの声は、あ、あ、青いんだ」

「あたしの、声？」

「き、聞いてると、ぼ、ぼくの世界は黒じゃなくて、ふ、深い青なんだと、わかる。う、海の色だ。わ、わかったときはほ、ほんとうに、嬉しくて、そ、そのお礼を、ずず、ずっと言いたかった」

お礼。お礼って、違うよ。

ほんとはあたしがナギに縋って、寄りかかってたんだよ、あんたの弱さを頼ってたんだよ、って言いたいけどなんか鼻の奥がつんとしてて熱くてぐうっと痛く押されてる感じで声がだせなかった。

「だ、だからもうだ、大丈夫。も、もうぼくは、れ、れなちゃんの時間を、こ、これ以上、奪わない。だ、だからこの絵を、れ、れなちゃんに、返したい」

奪う。その残酷な言葉は薄い刃物みたいにあたしの肋骨あたりからすんと沁み込んでくる。その言葉は、駄目だよ。言ってても言わせてもいけないやつだ。あたしはナギに詰め寄って、雨に打たれっぱなしのナギと〈海〉と同じひとつの傘の下に入る。

「奪われてないよ」

あたしは肺から声の塊をぎゅっとひっぱりだす。

声が傘の下でぷわんと丸く反響するのが、わかる。

「あたしは奪われてないし、ナギは奪ってない」

あたしはナギの濡れた前髪を指で分けて両目をむきだしにさせる。

「あたし、あたしの時間をあげたんじゃない。あたしがナギと一緒にいたって、それがナギだけの時間になるわけじゃない」

「で、で、でも」

「返すなんて言わないで。ナギの〈海〉はナギのものだよ。あんたが必死でくぐりぬけてきた時間なんだよ。あんたが強くなったのは、あんたが強くなったからなんだよ」

ぐあっと言ってしまってから、あたしはあたしがそんな風に考えてるんだって後からわかって、くすぐったい嬉しさがふるふると肌に満ちてきて、笑った。ナギは目尻をひくひく震わせててさ、ああ、これから流れる涙はあの時みたいに美しくはないんだろうな。でもその方がいいや。

あれ、なんかセカイ中で一番青春しててんじゃないのあたしたち。ていうかなんで春が青いんだっけ。今は夏で、夏ってなんか音も光もうるさくってさ、でもたしかに青いかもな。

次の日、風邪ひいたのはずぶ濡れになったナギじゃなくてなぜかあたしの方でさ、ぴんぴんしてるナギがまたお見舞いに来た。

あのびしょ濡れの〈海〉は、さすがにそのままだとカビが生えるのであの後ドライヤーでがんがん乾かしたみたいだけど、全部のページががっちりくっついてしまってなんかもう青黒い板って感じの代物になっちゃったらしい。

「あのさあ、ナギ」

ナギのお見舞いのポカリを飲みながら、あたしはこれまで彼に言ったことのないことを言おうと思う。

「あたしまだ宿題やってないんだよね、全然」

「ぜ、ぜ、ぜ、ぜんぜん」

「お願い助けて。教えて。まじで無理」

ナギは多分ちょっとひいてたけど、ひひ、と笑ってくれた。


相変わらずあたしの音は「ぽこん」でさ、「しゅぱっ」と鳴らそうとラケットをぐんと振ってみたらボールが馬鹿みたいな方向に飛んでいってコートの向こう側のフーカはぽかんと呆れ顔だ。

ゲームが終わってコートからでて、ふたりで薄いポカリをごくごく飲む。やわらかい甘さが染みこんで血にするっと混ざっていく。

「夏休み終わっちゃうねー」

コートの端の日影であたしたちは空を見上げる。どよっと曇り空。下田ってわりと天気悪い日が多いんだよ。今日は夏休み最後の部活で金曜日で、土日を挟んで始業式で、夏休みの勉強の成果を試す実力テストとかあってしんどい。

「……レナちゃん、私さ、結局進路とか決まんなくて」

フーカがラケットのガットを指でいじりながら、おずおずと打ち明ける。胸がちくっとした。

そっか、そういえばフーカはあのとき教室で、自分の進路のことは何も喋らなかったよな。

「でもね、決まったとしてもね、アンちゃんとかミリちゃんみたく、夢とか口にするの、怖いんだ。言っちゃったら、それに縛られて、責任とらなきゃいけないのかなって、怖いんよ」

「うん、わかる」

あたしは頷く。わかるー、じゃなくて、わかる、って言う。

「怖いね。怖いけど、でもさ、どうせ全部怖いよね」

フーカじゃなくて曇天に向かってあたしは言う。

フーカが驚いたようにあたしの顔を見るのがわかる。

「そう、怖いの、いろんな全部が。それを誰かに聞いてほしくって」

「うん。あたしに言ってくれてありがと、フーカ」

「えっ、なんか、今日のレナちゃん大人っぽい……。好き」

ひひ、と笑いあって、あたしたちはボール拾いにまわる。

きっと午後は雨が降る。セカイ中から集まって雲になった水がすんすん落ちて海をぶ厚くしていく。そのときあたしは彼の部屋で、〈海〉のそばで、彼に宿題を教えてもらってる。

参考文献
横道誠『みんな水の中――「発達障害」自助グループの文学研究者はどんな世界に棲んでいるか』（医学書院）

優秀賞（小説）

青菜屋敷

春野　礼奈

家の中のあらゆる場所から青菜が生えるようになって、もう半年が経つ。

テレビ台の裏、エアコンの上、食器棚の下、キッチンのタイルの目地、ブレーカーと壁の隙間。至るところから青菜は芽吹く。ほうれんそう、ちんげんさい、こまつな、かぶ。青菜ならなんでも生えた。

初めこそ、高騰する野菜代の節約になると喜んだ。毎日毎日刈り取っては、回鍋肉や野菜炒めやマリネなんかを作ったし、毎朝、山盛りのサラダを食べた。ちょっといいミキサーを買って、野菜スムージーやポタージュなんかも作ってみた。

それがひと月もすると、雲行きが怪しくなった。どれだけ消費しても、到底追いつかないのだ。彼らは刈り取っても刈り取っても翌朝にはざわざわと繁茂し、生々しく青い芳香を漂わせ、私はついに青菜に全身覆いつくされて窒息する悪夢まで見るようになった。

もっとも、生えるだけならまだよかった。概して、青菜というのは虫がつきやすい。それが一番の問題なのだ。

アブラナ科は特にひどい。少し油断しただけで、黄緑色のアブラムシがうじゃうじゃ湧く。見つけたら指先でプチプチと潰して潰して潰して、爪先が痛くなるぐらい潰し続けても、どこからともなく湧いてくる。そうなるとだんだんとちょっとした点が虫に見えてくる。壁の小さなシミも、うじうじと動いているように見えてきて、部屋にいると眩暈がするようになった。

仕事をしていても頭の中は青菜のことでいっぱいだった。寝不足続きで、会議中に居眠りしてしまったり、当意即妙な返しができなくなったりして、仕事に支障が出るようになっていった。かといって休むわけにはいかないから、日中は家を空けるしかないのだけれど、家主の留守をいいことに青菜はわらわらと生い茂り続け、帰宅する頃には家じゅうふさふさとした緑で溢れ返っている有様だった。そうしているうちに、体にも変化が現れた。

ある夜、風呂に入って体をこすると、黄緑色の透き通った薄皮がぽろぽろ剥けることに気づいた。湯船に浮かんだ薄皮を手の平でお湯ごとそっと掬い上げてはこぼし、薄皮が放つ青い匂いに顔をしかめる。そういえば、最近どうも顔色が悪い日が多いとは思っていたけれど、まさか薄皮が張っているなんて夢にも思わなかった。このままいけば私は人間ではない生き物になってしまう予感がして、アブラムシが体中を這っているみたいに、居ても立ってもいられない不安感に襲われた。

出社前に朝食を摂りながら、ワイドショーを流し見する。特集で異臭を放つ「ゴミ屋敷」や多頭飼い崩壊した「猫屋敷」が取り上げられている。食べていたサラダをあまり咀嚼せずにごくりと飲み込み、部屋を見渡す。ざわざわざわざわとそこらじゅうから青菜が伸びる音がする。

この家が「青菜屋敷」になるのは時間の問題だろう。

毒みたいに濃いコーヒーを一口飲み、他人事のように考えていると、頭の片隅から前日の職場での出来事が嫌でも浮かび上がってきた。

「奥山さん、結婚してそうに見えるのに」

昼休み終わり、職場の女子トイレの個室の中で、聞いてしまった。

「意外だよね」

「三十過ぎても独身でいられる勇気、私にはないな」

「もう割り切ってるんじゃない」

同じ部署の後輩たちだった。特別な悪意は感じなかった。ただ、世間話のネタにされているだけだった。けれども胸が疼いた。二人が立ち去った後、ひっそりと個室から出て鏡を覗き込むと、背景のクリーム色の壁とほとんど同化するぐらい生気のない三十半ばの女が一人、佇んでいた。

結婚には興味がない。一人暮らしは静かで快適だ。全国に支店のある保険会社で、新卒から十年間、事務員としてそれなりのやりがいをもって働いてきた。それで充分であるはずなのに、世間は放っておいてはくれない。容赦なく浴びせられる周囲の雑音を悉く跳ね返してまで意志を貫く覚悟が、私にはまだ足りない。


「元気にしてるの？」

仕事終わりにスーパーで値引きされた総菜を物色していたら、母さんから電話があった。

「元気だよ」

それ以外に何と答えられるだろうか。買い物かごを左手に、右手で鮮度の良いにんじんを漁りながら、スマホを右の耳と肩で挟んで返事をする。家じゅう、青菜と虫だらけで。なんて、言えるわけがない。

「あのね、サラダ油が体に良くないらしいの」

また始まったか、と思いながら、ガラス窓越しに外の景色を見る。駅から流れてきた帰宅途中の人々が、薄闇の中で灰色の疲れた顔をして通り過ぎていく。こういう場合の母さんの電話は長い。

「こめ油やごま油ならいいらしいんだけど。ほら、葵だってこれから子供産んだりするかもしれないじゃない、そういうこと考えると、母さんは心配なのよ。母さんたちはもう年だから、いいのよ。ただ、未来がある葵にはせめて健康でいて欲しくて。わかる？」

「うん、ありがとう。わかるよ。これから気をつけるよ」

ねぇ、母さん、サラダ油の何がどういうふうに悪影響なのか、しっかりとした根拠と共に説明できる？　理解してる？　その情報はどこで聞いたの？　言い返したいけれど言い返せない言葉たちを、胸の中で垂れ流す。

「全部、ユーチューブで見たの。母さん、難しいことはよくわからないけど、とにかく良くないって聞いたから。ほら、火のないところに煙は立たないってことわざがあるじゃない、それと一緒で、誰かが良くないって言っているということは、きっと何かしら良くないことがあるんじゃないかと思うのよ」

私は返事をせずに聞いている。

「今度、こめ油送るわね？　ごま油も」

「いいよ、自分で買うから大丈夫だって」

「仕事で忙しいでしょ、いいから、受け取って」

「わかったよ、ありがとう」

電話を切ってからひとつ、深い溜息をつく。

昔から母さんの前で私は常にいい子だ。母さんの期待に応えることは、答えがあるから簡単だ。欲求を読み取ってあとは器用に適応すれば満点がもらえる。

私には手にとるようにわかる。母さんが私に望んでいる未来が。そして、私はその要望には応えられそうにないということが。

母さんの期待に背くたび、私の体はぎりぎりと削られ、少しずつ崩れ落ちていく。


肌寒くなる頃には、生えてくるのは青菜だけではなくなっていった。部屋の隅の古びたドレッサーの下あたりからは、たまにロマネスコなんて洒落たものが生える。ロマネスコは貴婦人のように優雅に散らかった部屋の様子を眺め、隣に生えているブロッコリーやカリフラワーと雑談している。

「なんて雑然とした部屋なのかしらね」

「アラサー独身女の現実なんてこんなものよ」

「結婚もしない、子供もいない、そんな寂しい人生ってないわよ」

ひそひそと影口を言われている気がして、カーテンレールに干したままになっていたくたびれた下着を、いそいそと収納ケースにしまう。それから、水を飲もうとキッチンのシンクを覗くと、緑色のものが生えているのが目に飛び込んできた。ついに青菜たちは水回りからも生えるようになったようだった。

「そうきましたか」

なにげなく、青菜に話しかける。

「お邪魔していますよ」

思いがけず、青菜から返事がある。

「あなたはどういった種類の青菜なんでしょうか」

「私は青菜ではありませんよ」

きっぱりと否定される。

「いえいえ、生えているじゃないですか、鬱蒼とした、葉が」

青菜は少し黙ってから、

「根元を見てくださいよ」

やや怒ったように言った。葉を持ち上げ、根元を見る。細長い岩のような黄緑色のごつごつとしたものが生えている。

「ひょっとして、わさびですか」

「そうですよ。一目瞭然じゃないですか」

どこかで見たことが、手に取ったことがある、そう思いながらわさびに触れる。そして思い出す。休みのたびに帰省した母方の祖母の家の小さな庭の隅、石を積み上げて築き上げられた花壇で栽培されていた、畑わさび。

「わさびほど強くて綺麗な食べ物はないんだよ」

花壇の前で祖母はよく私に言い聞かせた。わさびの葉はぷるぷるとした朝露を乗せて瑞々しく揺れていて、小さな白い花がぽつぽつと咲いていた。夢みたいに可憐だった。

「こんな可愛い花を咲かせて、普段はひっそり穏やか。なのに、ここぞという時にピリリと効く。葵ちゃんもそういう子だって、おばあちゃんにはよくわかってる」

「そう？」

「そうよぉ。全部お見通しよ」

いつも人の輪に入らず、遠くから眺めているばかりだった内気な私に、祖母はよくそう言ってくれた。何か言葉にして伝えたくても自信がなくて、口に出す寸前のところで止めてしまう。祖母はそんな私の全部を理解して認めてくれる、唯一の存在だった。

「もう少し、積極的な子になって欲しいんだけどね」

私が寝た後、母さんが祖母に相談しているのを何度も盗み聞きした。そのたびに祖母は、

「葵ちゃんは大丈夫よ、芯がとびっきり強い子なんだから」

いつも変わらずそう言ってくれた。

思い出された祖母との記憶が、ぽわぽわと玉のように遠くへ流れていく。

「わさびの名産地をご存じですか」

わさびの問いかけで我に返る。

「わかりません、もう長い間、緑色のチューブに入ったあれしか目にしていないぐらいですから」

わさびは深い溜息をつく。

「あれはわさびとは呼べません。辛いばかりでしょう。本物のわさびはほのかに甘いのです。伊豆の清流で育った最高級の生わさびを一度食べてごらんなさい」

わさびのごつごつとした凹凸を濡れた指先でなぞる。

「卸していいですか」

わさびは一瞬面食らった後、

「どうぞ。お好きに。我々は食べられるために生えているのでね。何も文句は言いませんよ」

潔く言い切った。卸し金は辛うじてうちにもある。一人暮らしを始めるとき、母さんが持たせてくれたものだ。

「痛みはありませんか」

引き出しから卸し金を取り出し、磨りおろしながら、心配になって聞いてみる。

「これが生業ですから。なんのこれしき」

苦し気なうめき声が聞こえ、可哀想になって手を止める。

「中途半端は嫌いですよ。どうぞ、やるなら容赦なく」

私は再び手を動かし始める。瞬く間にわさびは削られ、短くなっていく。はぁはぁという息遣いが聞こえる。

「本当にいいんですか」

「いいんです、最高です」

ざりざりと磨りおろしていく。指先に緑色の汁が滲み、濃厚な香りが立ち上る。最後の一磨りをする直前、息も絶え絶えにわさびが言う。

「いいですか、一度、伊豆へ行ってみてください。後悔はさせませんから」

私は返事の代わりに頷き、わさびは黄緑色の汁を零しながらペーストになって卸し金を伝い、受け皿へと落ちて行く。指先にとって舐める。辛みが鼻にツンと抜けていくとき、私の脳裏にはわさびに水を遣る祖母の、ちんまりとした後姿が浮かび上がった。


森原くんと知り合ったのはちょうどその頃だった。

出会いは合コン。無論、積極的に恋愛をする気なんてないのだ。ただ、断るうまい理由と意志が足りなかったというだけで。人の誘いを断るのは、嫌々承諾することの何倍もエネルギーを使う。

その日だって例外ではなかった。銀座の雑居ビル五階の、作り物めいた和が散りばめられた居酒屋。三対三の合コン。会社の同期の涼香からの誘いだった。

「ただ座って大人しくしてるだけでいいから、お願い」

給湯室でコーヒーを淹れていたら、当日の合コンに一人欠員が出たらしく、懇願された。

「相手は大手ＩＴ企業だって。滅多に出会えないよ」

「いや、私がいても邪魔になるだけだから」

「途中で帰ってもいいから、お願いっ」

丁寧にマスカラが塗られた丸い目でそう頼み込まれると、特に予定があるわけでもない私は断ってはいけないように思えてきて、結局、承諾してしまった。

待ち合わせ場所で涼香と、涼香の友人だという女性と落ち合う。小柄で童顔の彼女に、愛想の良い笑みを向けられる。

「こちら、さゆりちゃん。大学時代の友達で」

私は軽く頭を下げて挨拶する。

「私、本気の婚活中なんです。彼氏と別れたばかりで」

さゆりちゃんはうるうると揺れる瞳で私を見つめ、何の脈絡もなく言った。出会って二言目がそれか、と思いながら、幸せそうだと思う。好きな人と結婚して楽しく暮らして子供を産んで歳をとって孫の顔を見て、みんなに見守られながら死ぬ。それが幸せだって疑うこともなく信じられる人はそれだけで幸せだ。

ほどなくして同世代らしき男性が三人近づいてきて、そのうちの一人が涼香に声をかける。どうやら今日の合コンの相手らしい。話を聞く限り、男性側の幹事は涼香の大学時代のサークル仲間のようだ。

狭いエレベーターにぎゅうぎゅうになって乗り込み店内へ入ると、自然な流れで涼香を真ん中に、私とさゆりちゃんは両サイドに座った。

男性側の幹事は長岡くんというらしく、やたら軽口をたたいて場を盛り上げようとする。トイレに行って戻るまでにはすっかり吹き飛んでしまっているぐらいの中身のない話が、パッチワークみたいに途切れることなくつなぎ合わされていく。

合間合間で誰のものともつかないげらげらという品のない笑い声が飛び交い、盛り上がる彼らと彼女たちを横目に、早くこの場から逃げ出してしまいたい気持ちが胸の中から今にも溢れ出してしまいそうになる。

「森原、酔うとおかしいんだよ。前世の記憶があるとか言い始めてさ」

長岡くんが、黙り込む私の様子を察したのか、私の向かい側に座る、森原くんなる男性のことを紹介し始める。

森原くんは乾杯以外ほとんどの時間、うつむいて一言も声を発していなかった。様子から察するに、彼も私と同じく、欠員補充のためだけに無理矢理連れてこられたような感じがした。伸びきった丸っこい髪型はやけにボリュームがあって妖怪のようだったし、前髪はほとんど目にかかりそうだった。

「しかも、前世は芋虫だったらしいんだよ。参っちゃうよな」

いくら馬鹿にされようが、彼は何も気にしていないようだ。

「な、話してあげたら、いつものあの話」

森原くんは一瞬眉間に皺を寄せたが、さすがに場の空気を読んだのか話を始めた。

「面白くもなんともないですよ」

思いのほかよく通る声だった。けれどもぼそぼそとした話し方がそれを台無しにしていた。泥の中に埋もれた水晶みたいだった。一言発するたびに、のどぼとけがごりごりと動いた。

「僕は芋虫だったことがありまして。なぜわかるかというと、夢を見るんです」

「夢ですか」

「はい。全く同じ内容の夢を何度も何度も見ます。そういうことってないですか」

「ああ、わかります」

「夢の中で僕は芋虫で、目の前には母親、つまり蝶がいて。ミント色と茶色の見事な模様の。僕の体よりも大きな羽がゆっくり羽ばたいているんです。それはそれは溜息が出るほど美しくて」

「それで、なぜあなたが芋虫だってわかるんですか」

「ええ。二匹、転がっているんですよ。ずんぐりとした黒い体に、黄色と白の水玉模様がついた芋虫が二匹」

彼は夢中で話を続ける。

「それで僕は自分の足元を見ようとするんです。そうして気づく。視界に入った自分の体が、転がっている芋虫たちと全く同じ色と模様をしていて、腹部はうねうねと柔らかく波打っていることに」

「あなたが夢の中で芋虫であることはわかりましたけど、それが前世だってなぜわかるんですか」

「僕、昔から無性に好きなんです。葉物野菜が」

「奥山さん、これは本当なんですよ。昼飯食べに行っても、頼むのはいつもサラダや野菜炒め。それも、わざわざ肉抜きを頼むんです」

長岡くんが合いの手をいれる。

「ベジタリアンですか?」

私は森原くんに尋ねる。

「そういうわけではありません。ただ、タンパク質を摂取するとバランスが崩れる感じがするんです」

「胃もたれするとかですか」

「それもありますし、何か体がしっくりこないんです。まぁ、ちゃんと気が向けばタンパク質も食べてますから。大豆とか」

「やっぱりベジタリアンじゃないですか」

「焼肉だって行きますよ、年に数回ぐらいは」

いつからか長岡くんは私たちの会話から抜けていて、会話はすっかり二対二と一対一に分断されていた。もう私には森原くんと会話を続けるか、トイレに立つか、いずれかの選択肢しか残されていないようだった。

「子供の頃から極度の偏食だったらしいです。野菜しか食べない」

思い出したように彼が言った。

「珍しいですね、普通、野菜を食べない、って話はよく聞きますけど。野菜しか、食べない」

そう返事をした瞬間、脳裏に彼が私の家で青菜たちを根こそぎ食べ尽くしている様子が浮かび上がってきた。彼はむしゃむしゃと音を立てて緑色の汁を飛び散らしながら、わき目もふらず、あっと言う間に家中の青菜を食べ尽くしてしまう。

そんな彼の姿を想像すると、私の心は久しぶりに落ち着きを取り戻した。

「うちに生える青菜の話、聞いていただけませんか」

私は切り出さずにはいられなくなっていた。口が勝手につらつらと言葉を並べていくことに、自分が一番驚いた。彼は真剣な眼差しで、黙って私の話に耳を傾けた。

合コンが終わり駅へ向かって歩く。私と森原くん以外のメンバーは二次会の店をどうするか、前方でがやがや話をしている。私は集団からやや距離をとって遅れて歩く。斜め前で森原くんは空を見ながら一人、歩いている。

集団は大通りを渡っていく。私たちが渡り始める寸前に信号が点滅する。きゃあきゃあ言いながら集団は一つの生き物みたいにまとまって横断歩道を渡りきる。

賑やかな銀座の街を歩く着飾った人々も、煌びやかな電飾も、人の息が届かないぐらい高い空の、空気が綺麗に澄んだところを突き抜けて建つ無数のビルも、絶え間なく行き交う無数の車たちも、すべてが遠い夢のように感じる。

「さっきの青菜の話、どうされますか」

思い切って私が問いかけると、森原くんは足を止めた。

あの時、私はうちに生える青菜に関することの大体の部分を、ゆっくりと彼に語った。彼は顔色一つ変えることなく話を聞き終えると、

「昔、聞いたことがあります」

と切り出した。

「ごく一部、そういう体質の人間がいて、ある時期がくると、そういう現象に見舞われると」

彼はまわりに聞こえないよう意識してか、指示語ばかり使いながら、ひそひそと話を続けた。

「だから、そういう時期なんだと思います」

「そういう時期ですか」

「ええ」

「私、どうしたらいいんでしょうか」

「飼えばいいんです」

彼は迷わず言い切る。

「何をですか」

「草食動物を」

「動物はアレルギーがあって」

「そうでしたか」

彼はそう言ってから何かに気づいたように、あ、と小さな声を上げ、頭を抱えた。私には彼が思いついたことの内容が、なぜだかよくわかった。だから、ほとんど確信に満ちた気持ちで、静かに声を発した。

「一度、見ていただけませんか。できることなら、食べていただけませんか。うちの青菜を」

彼は顔を上げ、分厚い前髪の向こう側でしばらく思案する様子を見せた後、

「少し考えさせてください」

ぽつりと言って、それきり黙り込んだ。

数分間の沈黙の後、彼はようやく振り返って、何かを確かめるみたいに慎重に、

「僕でよろしければ」
と言った。涼香たちはもう金曜日の夜の雑踏に紛れて、どこへ行ったのかわからなくなっていた。私は体中の力が自然と抜けていくのを感じながら、短く礼を言った。それから私たちは、夜道に煌々と浮かび上がる地下鉄の下り階段に吸い込まれていった。

帰宅すると、玄関ドアの下から伸び放題の青菜がはみ出していた。鍵穴からは豆苗が二、三本、ひょろひょろと生えていた。私は指先で豆苗をブチブチと引き抜いてから鍵を差し込んだ。

ドアを開けると、下の方が地面と擦れる感触がし、見ると、玄関に敷き詰められたタイルの目地から、つるむらさきがみっちりと生えていた。靴の置き場もない。仕方なく久々に靴箱を開いてみたら、靴箱の隅から見たことのない青菜がわさわさと生えてきていて、閉口する。

「おいしそうな部屋ですね」

森原くんの第一声はそれだった。

「いつからこんなことに」

「ざっと、半年前ですかね」

「何かきっかけが?」

「ないです。なんにも。ある日、いつも通り会社から帰宅したら、こうなっていたんです」

「それはお気の毒に」

「引っ越しも考えましたけど、まだ引っ越してきて一年ちょっとで。引っ越しって体力も気力も使うじゃないですか。仕事でいっぱいいっぱいなので、そんな暇ないと思って。だからしばらく様子を見てるんです」

話をしながらも彼の目がらんらんと輝いていくのを感じる。

「どこからいただけばいいでしょう」

「どこでもいいですよ」

「とはいっても、家主の目がある手前、憚られます」

私はしばらく考えて、

「じゃあ、テレビ台の下はどうですか」

今朝、掃除機でよく埃を吸い取ったばかりのその暗がりからは、水菜がぼうぼうと生えていて、食べやすそうだった。

「かしこまりました」

彼は這いつくばって水菜を収穫し、口に含む。しゃりしゃりという咀嚼音が部屋に響き渡る。それだけだと彼が食べにくいかと思い、BGM代わりに音量3でテレビをつける。

全国の温泉街を巡っていくのんびりとした旅番組で、修善寺が取り上げられている。初老のリポーターが竹林の小径を歩き、中ほどにある円形のベンチに座って、空を仰いではいる。感嘆している。

リポーターが街中の足湯に浸かり始めたところで、電話が鳴る。母さんからだ。

「もしもし」

母さんは黙っている。私の背後で、しゃりしゃりという小さな、けれどもかき消すことのできない妙に強い響きを持った咀嚼音が、鳴り続けている。

「あら、ねぇ、誰かいるの」

「いないよ」

「いいのよぉ、隠さなくたって。楽しいときね」

母さんの声が弾んでいる。

「だから、いないって」

「いい報告待ってるわ」

母さんはそう言って、用件も伝えずに電話を切った。私は黒くなったスマホの画面に目を落とす。

「電話、大丈夫ですか」

私が早々に通話を切り上げたことを、彼は気にしているようだった。

「大丈夫、母からだから」

「そうですか」

彼は水菜の咀嚼を再開する。途中、水道水を汲んで差し出す。彼はごくごくと底なしに飲む。それから、マヨネーズや塩はいらないか聞くと、彼は首を横に振る。

「舌が鈍るので」

テレビに目をやると旅番組は終わっていて、ニュース番組に切り替わっている。

しばらくテレビを眺めていたら、襖を開け閉めするような音が規則的に響いているのに気づき、振り返る。すると、彼が床に伏し、深い寝息を立てている。時計を見る。時刻は午前一時を回ったところだ。酒に弱いとは言っていたが、今晩は飲み過ぎたのかもしれない。毛布を掛けてやる。黄緑色の毛布をかけられた彼は、まるまると太った芋虫みたいに見える。

私は彼を残し、風呂に入って熱いシャワーを浴びる。体を伝い落ちた湯が足元で淡い黄緑色に発色する。

シャワーから立ち昇る湯気越しに、修善寺の温泉街を想う。まだ実家で暮らしていた頃、何度か家族三人で行ったことがある。昼頃のんびりと東京を出て、竹林の小径や修善寺あたりを散策し、老舗旅館に一泊して温泉に浸かり、翌日はのんびり過ごして日が暮れる前に帰宅した。街には足湯や手湯があって、あちらこちらから白い湯気が立ち上っていて、母さんは子供みたいにはしゃいでいた。そんな母さんを父さんは目を細めて見つめていた。

母さんは保育士の資格まで持っていて、育児が生き甲斐の人だ。結婚を機に仕事を辞めて、専業主婦として私を育てた。

「子育てが大変なんて言ってる人、全然わからなかったの。だって毎日すごく楽しかったから」

私はそんな風にはなれない。いつでもふわっと笑っていて、子供好きで、家庭的な女の人。母さんのそういう側面に触れるたび、そして同じことを期待されているのだと感じるたび、私の性格との相違を感じて、罪悪感にも似た気持ちを抱く。

「葵はどんなお母さんになるのかな～」

悪気のない純粋なその言葉が私の耳から体の中に侵入し、たちまち黒い靄となって胸いっぱいに溜り、私は湯煙の向こうでのんびり話す母さんにそっと背を向けた。

今まで何人か恋人はいた。けれどもしばらく付き合っては、だんだんと二人で会っていても上の空になり、最後は見過ごすことのできない虚無感に飲み込まれ、私から別れを告げることばかりだった。みんないい人たちで、とても親切にしてくれた。にも関わらず、常に言葉にできない違和感がつきまとった。一人の部屋に帰ると、心からほっとした。自分でもその正体はわからなかった。そのうちに恋愛も結婚も自分とは関係ないものとして、遠ざけて考えるようになった。

風呂から上がってもまだ森原くんは眠っていた。私は部屋の電気を消し、寝室で眠りについた。疲れているのか、熱いフライパンの上でバターが溶けるぐらいの速さで、眠りの底に落ちることができた。


明け方、ほんのりと漏れ出した朝日で目が覚める。時計を見ると五時半を過ぎたところだった。

〈あのあと、どうなったの〉

涼香からラインが届いている。

〈気づいてたの〉

〈あのあと、うちら四人でカラオケ行ったの。それで、あの二人どうなったんだろうってみんな気にしてたよ。ちなみにこちらは何もなし。終電で解散〉

〈こっちも何にも〉

〈本当に？〉

〈本当だって〉

〈ならいいけど。進展あったら教えてよ〉

〈ないよ。別に恋人が欲しくて参加したわけじゃないから〉

口に手を当てて意味深に笑う白いクマのスタンプが送られてくる。

寝ぼけ眼を擦りながらリビングに行くと、彼が起きている。

「昨晩は眠ってしまったようで、申し訳ありませんでした」

三つ指をついて謝っている。

「お詫びと言ってはなんですが、今日も青菜をいただきます」

彼はさっそくキッチンの、食品がストックしてあるキャビネットの隙間から生えた春菊を刈り取り始める。電子レンジを使って良いか聞かれ頷くと、春菊をレンジで温める。

私はキッチンで朝食の支度をする。一応、彼にも食べるか尋ねたけれど、頑なに断られ、一人分だけ作ることにする。シンクで手を洗いながら、部屋を見渡す。青菜が明らかに少なくなっている。ぱっと見たときの、緑色の割合が半分ぐらいに減っている。私はにわかに嬉しくなる。

うきうきとした気持ちで、クローゼットの隙間から顔を出しているサニーレタスを無造作に千切り、一枚一枚、水洗いしているとき、きゃあっと、自分でも他人事かと思うほどの悲鳴を上げる。

葉の裏に薄黄色の真ん丸な卵がびっしりと産み付けられている。

彼が駆け寄ってくる。

「卵ですね」

彼は指で卵をピッピと跳ねのけ、手の平に乗せてからバルコニーに運び、パラパラと中庭に落とす。その間に私はひたすら手を洗い続ける。虫には慣れてきていたはずだったけれど、卵は不意打ちだった。もし彼がいなくなったら。私は天井までびっしりと青菜に覆いつくされたこの部屋の姿を思い描く。青菜は寝室で眠っている私の頭上から忍び寄り、ツルをしゅるしゅると伸ばして私を覆い隠し、柔らかな皮膚の表面に穴を開けて根を生やし、養分を根こそぎ吸い取って、そのまま息絶えさせる。馬鹿げた妄想だとわかっているのに、どうにも心細かった。

「あの、お願いがあるんですけど」

私が声をかけると、春菊を頬張り始めた彼がこちらを向く。

「しばらく一緒に暮らしませんか。困ってるんです、私」

彼が困惑しているように見えて、訂正するように言う。

「恋人になろうとかそういう意味じゃなくて。ただ、食べて欲しくて。食べ尽くして欲しくて。

この家の、青菜たちを」

遠慮がちに付け加えた私に、彼は笑顔を見せるでもなく、淡々と答える。

「除草要員、ということですね。かしこまりました。僕は青菜が好き、奥山さんは青菜の増殖に困っている、利害が一致して、こんなに良い話はないでしょう」

翌日には彼が自宅から最低限の生活用品を持ち込んできて、私たちの同居生活が始まった。

生活は思っていたよりもうまくまわった。彼は在宅勤務も多かったから、日中、私が仕事に出ている間、家中の青菜をせっせと食べてくれた。

それに、彼はほとんど空気のように暮らした。存在感がまるでなかった。何一つ音を立てずに身支度を整えていつの間にか出かけていることもあったし、静かすぎて家にいるのを忘れたことも何度もあった。だから、同居する上でのストレスは驚くほどなかった。まるで哺乳類の兄弟が身を寄せ合って暮らすように、ごく自然なことに感じられた。そんな人と出会うのは初めてだった。

彼と同居を始めてからというもの、何かを察したように、母さんからの連絡はぱたりと途絶えた。

ある晩、彼がなかなか風呂から出てこないことがあった。心配して様子を見に行くと、彼は洗面所で立ち尽くしていた。視線の先を見ると、洗面台の穴のところから長細い葉と茎が生えていた。すぐにピンときた。

「わさび」

思わず声に出した。

「ええ、わさびですね」

彼が静かに返事をする。

「こんな狭いところで、かわいそうに」

彼は数枚、排水口を隠すように重なり合って生えるわさびの葉を撫でながら言う。

「沢わさびは本来、深山の清流で育つんです。一年中、冷たい水が流れていて、あまり強く日が当たらない、清らかな場所で。ほんの数時間だけでも水温が上がると、途端に腐敗が始まってしまうデリケートなものです。それなのに」

もうすっかり忘れていた、あの日、わさびに告げられた言葉を嫌でも思い出す。私は伊豆に、行かなければいけない。けれども車の運転ができない私には、伊豆を自由に見て回る自信がない。私は洗面所をあとにすると頭を抱えた。行かなければいけないとわかっていても、それは痛みのない虫歯のように、時間が経つにつれて頭の中の端の方に追いやられていった。

同居を始めて一か月もすると青菜はもうあまり生えなくなった。というよりも、生えたそばから根こそぎ刈りとられ続けるから、青菜のほうもこれ以上生長する余裕がないといった様子だった。

私が青菜を食べる頻度が落ちたせいか、体の色は元の黄味がかった肌色に戻りつつあった。反対に彼はいくら青菜ばかり食べても何一つ変化がないようだった。彼の体には菜食が適しているのかもしれない。しかし、だからといって彼をいつまでもうちにつなぎ留めておくわけにはいかない。

その夜、話し合い、同居生活はその日をもって切り上げることになった。

「今まで大変お世話になりました」

「いえいえ、こちらこそ大変助かりました」

翌朝、彼が少ない荷物をまとめて家を出ていくとき、礼を言いながら、私の中に妙な感情が芽生えた。それは目を離した僅かな間にもくもくと育つ青菜のように瞬間的に広がっていき、今、彼を逃がしてしまったら、私は何か大きなものを失うような気がした。

「伊豆に」

彼の背中に向けて投げかけた。

「伊豆?」

「行きませんか。一緒に」

「なぜですか」

「わさびに、心残りがあるんです」

「心残り?」

「車の運転は得意ですか」

「ええ、まぁ得意な方だと思いますが」

「行きたい場所があるんです、もちろん旅費は私が持ちますから」

運転免許を持たない私には行けない場所。けれども家族や友達とではなく、できればたった一人で行きたい場所。家族でも友達でも恋人でもない彼は旅のお供にもってこいだった。

「いいですよ、三連休ですし」

なんてことないといった様子で承諾した彼に、拍子抜けする。誘った手前、少しでも彼の要望を通せたらと思い、宿の希望を聞く。

「できれば、梁のある宿がいいんです」

「古い宿がいいということですか」

「こう、ぶら下がっても頑丈そうな」

彼は両手を上に上げ、見えない棒を握って見せる。

「懸垂でもするんですか」

「いえ、そのうちぶら下がらなければいけない時期がくるもので」

「時期？」

「ええ。とにかくそういうことなんです。その時がきたときに、ぶら下がる場所がないとなかなかつらいものがありますから。できればそうしていただけると助かります」

「そうですか。覚えておきますね」

それからすぐに宿を検索し、私は彼の希望に沿う宿を見つけ、踊り子号の座席と一緒に予約した。


踊り子号の窓から富士山と駿河湾が見えたとき、彼は隣で小さな歓声を上げたけれど、それきり黙り込んだ。不思議とそれは重苦しい沈黙には感じられず、気まずさは微塵もなかった。清浄な空気が隣に座っているみたいだと思った。

修善寺駅で下車し、タクシーですぐの古民家を改装した旅館にチェックインして、女将から施設説明を受けている間、彼はずっと太い梁を見上げていて、女将がいなくなると嬉しそうに話し出した。

「素晴らしい梁ですね。まるでこの土地の主みたいだ」

彼は穏やかに笑った。

まずは旅館の近くを散策することにして、歩いて修善寺へ向かった。人がまばらな境内はひんやりとした空気で満たされていた。

しばらく散歩していると、私の服の袖にアゲハ蝶にも似た、チョコミント色の蝶が止まった。

私は驚いて反射的に腕を軽く振り払った。

「アサギマダラですね」

彼がすかさず言った。

「よく知ってますね」

「別名、旅する蝶」

彼が骨ばった手の甲を近づけると、蝶は待ち構えていたかのように私から離れ、彼の手の甲へ飛び移った。蝶の羽は光が当たると浅葱色に透き通って見えて、手の平ほどの大きさがあった。

「ああ、綺麗ですね。なぜだかひどく懐かしい。アサギマダラは美しいですが、体の中に毒を蓄えているんです」

彼は私に聞こえないぐらいの声で、しみじみ言った。

「へぇ、こんなに綺麗だとうっかり騙されてしまいそうですね」

「ええ。産まれながらに秘密を抱え込んでいるなんて、夢にも思いませんよね」

蝶が飛び立つのを見届け、私たちは旅の目的地へ向かって先を急いだ。

レンタカーを借り、山道を進む。彼の運転は安心できる。どんなに細い道でも少しも不安にならずに乗っていられるから、気を抜くと助手席で眠ってしまいそうになる。私たちはカーナビが間違っているのではないかと疑いたくなるほど人気がない細い道を進んでいく。途中で二台の車とすれ違い、バックしてどうにか道を譲り合う。来る人を拒むような細い道が、期待感を高める。

「着きましたよ」

まもなく彼に促され車を降りる。網膜を通り越して直接脳の奥にまで浸透してくるほどの、瑞々しい緑。遥か遠くまで続いていく棚田。棚田を抱きしめるように生える、赤く染まった背の高い木々。合間から降り注ぐ木漏れ日。脇を流れる清流のせせらぎの音と、水面に浮かぶ鮮やかな紅葉。

見渡しては全身で深く息を吸い、また見渡しては細く息を吐き出し、今目の前にあるもの以外、なにひとつ考えられなくなる。全てが脳内から外へと押しやられ、言葉なんて出るはずがない。

筏場のわさび田。それがこの旅の一番の目的だった。

視界はせいぜい百八十度だから、三百六十度を一度に見渡すことができないのが、ただただ惜しい。

「せめて草食動物ぐらいの視野だったら」

ようやく言葉を思いつき、思わずつぶやくと、彼は隣でくすりと笑った。初めて見る彼の笑顔だった。

「ここのわさびは、伊豆天城の最高品種、真妻種っていうみたいですね。なんでもこのあたりと、御殿場ぐらいでしか栽培されていない、市場にはほとんど出回らない希少品らしく」

「たしかに東京じゃまずお目にかかれないですよね」

「ええ。滅多に見られませんね。なんでも、徳川の時代から続いているらしいです。栽培方法はいくつもあるそうですが、大きな石、小石、砂、と順に敷き詰めた上にわさびを植えて、上段から湧き水を流す、畳石式という方式が最新のものみたいです」

「詳しいですね」

「調べました。予備知識がないと深く味わえなくて勿体ないじゃないですか。だって、世界農業遺産ですよ」

彼が嬉しそうに言う。

「それにしても広いですね」

「棚田は千五百枚、東京ドーム三個分だそうです。この広大な土地を開拓するのは、さぞかし大変だったでしょうね」

鳥の声が頭の上を斜めに横切っていく。

「わさびの辛みは毒だってご存じですか」

「知りません」

「わさびの辛み成分は他の植物の生長を阻害するので、わさびは土壌の栄養を独占できるんです。でも、諸刃の剣で、わさび自身も自分の毒で生長を阻害されてしまう。自家中毒ってやつです」

「矛盾を抱えてるんですね」

「そうです。沢わさびは水で毒が洗い流されるので、畑わさびよりも大きく生長できるようです」

木漏れ日が彼の顔をまばらに照らす。

「アサギマダラと一緒ですね。毒を抱えて生きてる」

私はぽつりとつぶやく。

「人間だって一緒ですよ」

「どういうことですか」

「お腹の中に何も抱えていない人なんて、全然面白くないと思いませんか」

彼はそう言ってそっと微笑んだ。

夢見心地でいるとふいに、〈農作業の邪魔にならぬよう、滞在時間は十分以内〉という注意書きがあったのを思い出し、消えないように何度も何度も目の前に広がる光景を焼き付けては、名残惜しくその場を立ち去る。

車に戻る途中、背が低く背中の丸まった、作業着姿の老婆とすれ違う。

「あら、葵ちゃん」

突然、声を掛けられる。真っ白な白髪の老婆が大福のようにふっくらとした笑顔でこちらを見上げている。私は息が止まる。

「おばあちゃん?」

なんとか言葉を絞り出す。

「大きくなってぇ。お隣は、ボーイフレンド?」

返事の代わりにもったりとした声が返ってくる。違うよ、と否定する余裕もないままに、日除け帽の隙間から覗く老婆の顔をじっと見つめる。歳のわりに皺の少ない白い肌、やや日本人離れした鷲鼻、笑うと曲がり針のようになる細い目。間違いない。祖母だ。

「おばあさんですか」

彼が私に尋ねる。

「そう」

返事をする私を、祖母は相変わらずにこにこと見上げている。

「久しぶりねぇ。葵ちゃん、お仕事頑張ってるって聞いてたけど、すっかり素敵なお姉さんになって、会えてうれしいわぁ」

「私もうれしいよ。どうしてここにいるの？」

祖母は声を出さずに、うふふと笑っている。

「何って、わさび作り。わが子みたいに可愛いわよ、わさびは。毎日しあわせ」

足が悪いはずの祖母は杖もなく真っすぐ立っている。

「ずっとここで働いてるの？」

「ううん、気が向いたらよぉ。ずっと憧れてたの。こういう自然いっぱいのところで農業するの。ずっと家庭菜園ぐらいだったから。覚えてるでしょ？　お庭の、わ・さ・び」

祖母は照り返しの光が目に入って、眩しそうにしている。

「葵ちゃんも一緒に働く？　おばあちゃん、いつでも待ってるわよぉ」

冗談ぽく言ってから、はっと何かを思い出したように動きを止め、私の耳元に口を近づける。

ふわり、と祖母の懐かしい匂いがする。

「いいのよ、好きにすれば」

え？　と聞き返すと、目元も口元も蕩けて垂れたチョコレートみたいに緩めた祖母は、返事もせずに私の肩をぽんぽんぽんと三回叩く。それから、「じゃあ、またね」とだけ言い、私の脇をすり抜けていく。

もう少し話したい、そう思って振り返ると、祖母はもうそこにはいなくなっていて、ただ見知らぬ観光客たちがぽつぽつと歩いているだけだった。

遠方で一人暮らしをしていて、社会人になってからは数年に一度しか会えなくなったけれど、私の心の真ん中にはいつだって祖母がいた。でもなぜここにいるのだろう。悩む間もなく、彼の姿が見えないことに気づく。

「森原くん？」

名前を呼んで探す。絶え間ない水音に木々の擦れる音が重なる。

「どこ？」

呼ぶ。急速に体が冷えて心細くなってくる。上空でトンビが大きく旋回している。

張り詰めた糸が切れかけたとき、木陰から彼が姿を見せる。

「見失ったかと思いましたよ」

「焦りましたか。ごめんなさい。そろそろ宿へ戻りましょうか」

私はほっとして、彼をもう見失わないよう、後ろからぴったり子供みたいについていく。

宿に帰ると玄関に食材が置かれていた。生米、葉物野菜、舞茸、卵、鮎、それから生わさびが一本。どうぞご自由に、と味のある文字でメモ書きが置かれている。

「鮎は塩焼きにして、あとは雑炊でも作りますか」

食材をひとつひとつ手に取って眺めながら彼が言った。

「いいですね、あたたまりますね」

彼がさっそく鮎に塩を振る横で、私は米を研ぐ。白く濁った水を何度も流しながら、祖母の家を思い出す。川に面した古い民家。きりりと冷えた炊事場。仏間にある立派な仏壇から細く立ち昇る線香の煙と、畳に染みついた匂い。

「祖母は三年前に老衰で亡くなりました」

彼は黙って私の話を聞いている。

「死後、再会したのは、実はさっきで二度目なんです」

「そうでしたか」

彼は深く相槌を打つ。

祖父は早くに亡くなり、祖母は長く一人暮らしだった。足腰を悪くしてからは老人ホームに入居し、住む人を失った祖母の家は数年間放置された後、あっけなく取り壊され、今では更地になって、ぺんぺん草が生えている。葬式で棺の中に納められた祖母は安らかで、丁寧に作り込まれた人形のようだった。その顔を見たとき、これで一つの時代が終わったのだと悟った。

「一度目は、二年前に私が仕事を休職したときです。とにかく忙しい部署で、ある朝、布団から出られなくなっていたんです。あ、会社に連絡しないと、と思っても、体がどうにも動かなくて。それでなんとか寝返りを打ったら、隣に祖母が寝ていたんです」

ひさびさに嗅ぐ祖母の、汗ばんだ甘みのある匂い。ちりめんのざらざらとした寝間着の感触。指先を押し付けるとどこまでも沈んでいく、柔らかな肌。

「何か話したんですか」

彼はリズムよく青菜を刻んでいる。

「いいえ、何も。ただ、静かに微笑んで、私の頭を撫でてくれました。子供の頃そうしてくれたみたいに」

「それは素晴らしい気持ちだったでしょうね」

「ええ。それに、祖母に撫でられうとうとしていたとき、やっとわかった気がしたんです」

「何がわかったんですか」

私はしばらく黙り込む。脳裏には庭で水を遣る祖母の後姿。いつでも私をやわらかく包み込んで認めてくれた、ぬくもり。

「私は今も変わらず追い求めているんでしょうね。心から安心できる、祖母のような存在を」

誰かとの結婚やその先にある子育てでは決して埋められそうにないほどの、祖母との豊かであたたかい時間。

「わかりますよ。僕も……」

彼が言いかけたとき、囲炉裏で火にかけた土鍋が吹きこぼれ、そこで会話は途切れた。しばらくして彼は囲炉裏から流し台に戻ってきて、ワサビを磨りおろし始めた。

「いつかは飛び立たないといけない、わかってはいるんですけどね」

私はそうつぶやき、それきり私たちは黙って食事の準備を続けた。


食事の後、薪で沸かした風呂に浸かる。湯から上がり、化粧を落として出ていくのはどうかと思ったが、もうそんなことはどうでもいいように感じ、私は素顔のまま部屋に戻った。

彼はとろとろと燃える囲炉裏火に両手を翳し暖を取っていた。

「お先にどうも」

私が発した言葉と、ぱちぱちと火が燃える音だけが響き渡る。隣の和室には白い布団がきっちりと寄り添うように並べられている。

彼も入浴を終え戻ってくると、灯りと火を消し、私たちは布団を少し離して横になる。

「アサギマダラは、自分が体の中に毒を持っていることに気づいているんでしょうか」

冷えた夜の静寂に向けて、私が問う。

「気づいているんじゃないですか。わかっていて、でも、気づいていないふりをして、優雅に飛び回っているんですよ」

「罪深いですね。伊豆の次はどこへ行くんでしょうか」

「遠い南の国じゃないですか」

「それはいい場所ですか」

「とてもいい場所ですよ。嘘がなくて、夢があって、愛に溢れている」

彼がごろごろと絶え間なく寝返りを打っている気配がする。

「眠れそうにありませんか」

暗闇に尋ねると、

「どうも背中が痛むんです」

弱弱しい声が返ってくる。

「いつからですか」

「ほんの数分前から急にです」

仰向けからごろんと横を向き、手を伸ばして彼の背中をさする。痩せて骨が目立つ背中は熱いぐらいに熱を発している。

「朝にはよくなっているといいですね」

「ええ、そう願っています」

手を布団の中に引っ込めると、まもなく寝息が聞こえてきた。外では風を切る音がびゅうびゅう鳴り響いていた。

夜中、はっと目が覚める。月明かりに照らされた障子が鈍く光り、あたりは薄ぼんやりと照らされている。しばらく煤でくすんだ天井を眺めた後、ふと首を右に向ける。

隣で寝ていたはずの彼がいない。

起き上がり、ぐるりと見渡す。隣の部屋に影が見える。暗闇の中、手探りで障子を開ける。

梁から大きな黒い影がぶら下がって揺れている。

瞬時に鼓動が高鳴る。手探りで電灯の紐を引き、電気をつける。

サナギだ。

梁から剥きたての枝豆のように鮮やかな黄緑色をした、巨大なサナギがぶら下がっている。表面に手を当てる。向こう側から確かな体温を感じる。手をノックの形にして軽く叩く。木琴にも似た鈍い響きがする。サナギに手を回して持ち上げようとすると、ずっしりとした重みが腰を直撃する。私には到底動かせそうにない。

「起きてますか?」

念のため、話しかける。返事はない。

しばらく部屋中をそわそわ歩き回ってから、フロントに電話を入れる。かなり遅れて、電話が繋がる。寝ぼけた声をした女将に、ひとまず可能な限りの延泊をお願いすると、あと二日は空室が続くため延泊可能だと返事をもらう。延泊を依頼し礼を言って、電話を切る。それから、サナギについてスマホで手当たり次第に調べる。文字を打つ手が震える。情報をくまなく確認し、蝶の場合、室温を高めることで羽化が早まるという記述を見つける。人間のサナギに関する情報が見つかるはずはなかったけれど、居ても立っても居られず、蝶の話を応用してみることにする。

私は囲炉裏に薪をくべ、火をつける。それからありったけの衣類と掛け布団をサナギに巻きつけ、保温する。温かさを感じているのか、サナギは時折、ゆらゆらと揺れる。窓の外で、朝日が昇ってくる気配がする。

昼近くになり、つきっきりの世話で疲れた私がうとうとしていると、スマホが鳴った。久しぶりの母さんからの電話だった。こんなに忙しい時に、と思ったけれど、しぶしぶ電話に出た。

「蝶がね、出るのよ」

「どこに?」

「母さんの寝室。窓なんて開けてないのに」

「どこかに卵があったんじゃない」

「やだぁ、そんな気持ち悪いこと言わないでよ」

母さんがからかうような口調で言った言葉に、

「気持ち悪くなんてないよ」

無意識に語気が強まってしまい、母さんが面食らっているのを感じる。

「それが、普通の蝶じゃないのよ。見たこともないようなやつ。真っ赤だったり、ショッキングピンクだったり、アマゾンにでもいそうな。それでユーチューブで検索したら、それは大地震の前触れらしくて。心配になっちゃって」

「海外通販の段ボールとかにくっついてたんじゃないの」

母さんはいつもの調子を取り戻して続ける。

「そういえばあなたが産まれた日の朝も、珍しい色をした蝶が病室の窓をこつんこつんって叩いたっけ」

「そうなの」

「それはそれは綺麗なラベンダー色だったわよ」

「ふぅん」

「そうだ、こめ油とごま油、発送しておいたわよ、たっぷり使って青菜でも炒めるとおいしいわ。青菜は裏までよーく洗うのよ。裏に虫や卵がついてること、案外あるからね」

「わかってるよ」

しばらくの沈黙。サナギに目をやる。

「もう、いいのよ」

「なにが」

受話器の向こう側には凪が広がっている。

「母さんの言うこと、全部聞かなくたっていいのよ」

「どうしたの急に」

「なんでもないわよ、ただ、ふと、そう思っただけ」

黙っていると、

「もうあなたは羽化したんだから」

それは私に向けて言っているようにも、母さん自身に言い聞かせているようにも思えた。電話はそこで切れた。


延泊二日目の朝、朝日の帯が目の上にかかった眩しさで目を覚ます。もうこの宿を出なければいけない。サナギはどうしようか。と思いながら隣の部屋に目をやると、サナギがいない。部屋中を探してもいないから、最後に庭を見ようとしたら、縁側に影を見つけた。恐る恐る近づくと、そこに彼がいた。けれども姿はもうサナギではなかった。

彼の背中からは美しく大きな羽が生え、すっかり蝶の顔になっていた。羽の色合いはアサギマダラによく似ていた。

私がじっと見つめていることに気づいたのか、彼はこちらをちらりと見た。蝶の顔は艶のある黒をしていて、目がどこについているのかわからなかったけれど、彼が私のことを見つめていることだけはよくわかった。

「見られてたんですね」

「ずっと見守っていましたよ」

私は平静を装って答え、問いかける。

「蝶になった気分はどうですか」

「すこぶる良いです。やっと、求めていたものを取り戻した感じがします」

「行ってしまうんですか」

「少し、旅に出るだけです」

「どこへ行くんですか」

「飛びながら考えます」

風が吹いている。一度乗ってしまえば、どこまでも遠くへ飛んでいけそうな、風。

「また、青菜が生えたら、食べにきてくれますか」

「もちろんですよ。どこからでも飛んでいきますから」

次の瞬間、彼は飛び立った。空中でくるりくるりと旋回した後、私に深くお辞儀をして、瞬く間に空の薄群青に馴染んで見えなくなった。彼が描いた透明な軌跡の向こう側に、朝日に照らされた富士山が見えた。私はその軌跡を、星を繋ぎ合わせて、星座を浮かび上がらせるみたいに、ただ祈るように目で追った。

帰りの踊り子号で私の隣は空席で、いつもは気楽に感じられるはずのそれが、やけに広くがらんどうに感じられた。

踊り子号が東京駅に到着するアナウンスが耳に流れ込んできたとき、空席は私の隣ではなく、胸の中にぽっかりと浮かんでいることに、初めて気づいた。

私は一人、胸元を静かにさすった。


青菜屋敷になっていることを覚悟して帰宅したのに、いざ足を踏み入れると、青菜は跡形もなく消えていて、ただ変わらない日常だけが、古い蔵に放置された壺みたいに、ひっそりと取り残されていた。

明日からまた仕事の日々が始まる。重い気持ちで出社のための持ち物を準備していて、社員証に印字された私の名前に視線を落とす。

〈奥山　葵〉

葵という名前をつけてくれたのは祖母なんだと、幼い頃、母さんから聞いた。ぼうっと眺めていたら視界が歪み、〈奥〉の字を取り残して〈山葵〉という単語が浮かび上がってくる。私の名前に祖母が埋め込んだ、強くて美しい〈山葵〉。

何かが溢れ出してくるのを堰き止めるように台所に立ち、伊豆土産に持ち帰った生わさびを磨る。

「いいのよ、好きにすれば」

わさび田で祖母が言った言葉が蘇る。

それから飛び立った彼の軌跡を思い描く。

すりおろしたわさびを指先にとって舌に乗せる。

鼻にツン、と抜ける上品な辛みの奥から、ほのかな甘みが顔を出す。辛みにつられて、目の表面にうっすらと涙が浮かぶ。涙は下瞼の淵にじわりと溜まり、耐えきれなくなって目頭と目尻から零れ落ちる。私は雫を指の腹で拭う。

拭っても拭っても、なぜか涙は乾かない。

佳作（小説）

台風の後に

北河さつき

㈠

机の下から這い出して廊下に並んだ僕たちの真上で、大きな非常灯がすごい速さで回っている。壁も床も僕たちの顔までも、赤とオレンジの光にぐるぐると染め上げられる。静かなのに激しい光の回転から僕は目が離せなかった。

「優翔《ゆうと》さん！」

僕の顔を覗き込んだ内海先生の口が大きく動いた。

「非常灯は眺めるものじゃないの。回っているのを見たらすぐに逃げるのよ」

先生の〝逃げるポーズ〟が決まっている。

「はーい。わかりました」

胸に手のひらを当てて僕は了解のサインを示した。

二学期が始まった九月一日の今日。沼津市にある東部聴覚特別支援学校、通称東聾《とうろう》では防災訓練が行なわれている。今回は太平洋沖で巨大地震が起きた、という設定だ。

廊下の非常灯は実はかなり大きなサイレンを鳴らして回っているのだけれど、補聴器に響くサイレンは頭を痛くする不快音で、机の下にかがんでいる間に補聴器のスイッチを切ってしまう子が多い。

音は、なくても大丈夫。僕たちは先生の目を盗んで手話と口形で、

「やーい、怒られた」

なんてやっている。六年生の児童総勢七人は、階段を降りる先生の後ろを静かに、でも賑やかについていった。

一次避難所のグラウンドに着くと補聴器のスイッチを入れる。グラウンドには東聾の幼稚部の親子と、小学部、中学部、高等部の全ての児童生徒が並んで座っている。いや、右端の幼稚部の子たちは親に甘えて転がっている。

左端の高等部の人たちはさすがに大きい。先生とも対等に話しているみたいで大人のようだ。人数も多い。

静岡市の中聾《ちゅうろう》と浜松市の西聾《せいろう》には高等部がないから、大勢の人が寮に入って東聾に通っている。落ち着いて余裕を感じさせる態度は、僕たちとは全然違う世界の人に思えた。

人員点呼が終わった時、校舎から副校長先生が赤と白の大きな旗を振りながら駆けてきた。何か叫んでいる。

「津波フラッグだ」みんなの口が動く。みんなの左手をその右手が乗り越えている。東聾は海から離れているのに、え、津波？

「これは訓練です」

と前置きしてから、朝礼台に立つ校長先生がゆっくり話しだした。口形が普段よりはっきりしている。手話も大きめだ。

「大きな津波が沼津港に押し寄せそうだと注意報が出ました。津波は狩野川をさかのぼって沼津駅の辺りを浸水、そう水浸しにして、ここ東聾までやってくるかもしれません」

手話ががやがやとどよめく。

「こわい」

「溺れちゃうのかな」

子供たちを囲んで立っている先生たちがしきりに両手の平を下に押し下げる。そう、落ち着かなきゃ。

「津波が来たらどうしますか」

校長先生の問いかけに「高いところに上る」という手話や声が飛び交う。「富士山！」という声が小学部の一年生から出たところで皆が笑った。校長先生も微笑んで、

「富士山なら高くて安全ですね」

そこで肩まで上げた手のひらを裏返した。「でも」

「富士山は東聾から走って逃げるには遠すぎますね。だから、後ろを振り返ってください。東聾の南校舎は四階建てです。屋上に登れば五階の高さです。全員南校舎の屋上へ避難しましょう」

左端にいた怖そうな男の先生の腕が高々と上がった。

「高等部の生徒は小学部の児童と手をつないで避難しろ」

高等部の人たちが僕たちの方へやってくる。六年生にもなって手をつないでもらうのは気恥ずかしい。もじもじ立っていると、人懐こい笑顔のお兄さんが「行こう」と手を差し出してきた。手をつなぐと二人でダッシュして南校舎に向かう。こんな大きな手につながれていれば津波がきたって大丈夫、そんな気持ちになった。振り返ると背の高いお姉さんに手を引かれた真君が、うつむき気味にのろのろと歩いている。

「真君、遅っそーい」

僕は片手で大きくハンドサインを送ってやった。


沼津駅は北口から南口へと構内を通り抜けることができない。東聾は駅の北側。僕の家は南側にあるので、毎日駅の東側のガード下を潜って通学している。

避難訓練を終えると今日は午前で学校は終わり。下校中、ガード下の暗がりに入るとき、僕は思わずぶるっと震えた。このガード下を一人で歩いている時に津波がきたらどうしよう。学校に戻る？

いや、それより駅周辺の高いビルに走って逃げる方が早いか。

ただ……。

問題は家だ。僕の家は狩野川に近い。花火大会の時なんか家の二階が特等席で素晴らしく大きな花火が見られる。けど、狩野川を津波がさかのぼって溢れたら完全に水に浸かってしまう場所だ。通信講座の添削者をしているお母さんはいつも家で仕事をしているし、うちには逃げるのに使う車もない。

お母さんは大丈夫なのかな？

お父さんがいてくれたら……。僕は、僕がまだ三歳の時に亡くなったお父さんのことを考えた。仏壇に飾ってある色白の優しい笑顔の写真が目に浮かんだ。裾野市の会社の研究員だったという。けど、僕には全然お父さんの記憶はない。バイク事故で亡くなったそうで、それ以来お母さんは車を手放してしまった。これではとっさの時に逃げられないじゃないか。

早く帰れる嬉しい日なのに、僕の気持ちはちょっと重くなった。

商店街の端、小さな公園に近づいたところで、足元にころころとボールが転がってきた。野球の軟球？　拾いあげると公園の中で中学生くらいの人たちがこちらに手を挙げていた。何か言っているようだ。公園に入っていき、直接ボールを手渡す。

「何年生？」

そう聞かれているのがボールを受け取った人の口形でわかった。

「六年生」と答えたら「え」という口の形で固まっている。

まただ。大きめの声でもう一度。

「六年生」

今度は仲間内で顔を見合わせている。慌てて開いたパーの手に人差し指を添えて、六、と示した。

「ろく…ねんせい？」

と聞き返してきた。勢いよく頷いたら、そこにいた皆がいきなり大笑いを始めた。口をパクパクしている人もいる。多分僕の発音を真似ているのだろう。僕は二、三歩後ずさると、逃げるように公園を走り出た。背後で続いているだろう笑い声は、僕の耳には届かない。角を曲がってしばらく走ってからようやく速度を緩めた。

——気にすることはないさ。いつものことだ。

家に着くまでには、平気な顔を取り戻していなくちゃ。僕は見慣れた周囲の景色を珍しそうにきょろきょろとし、空気が漏れるばかりの口笛を吹きながら歩いた。

犬を散歩させている人がこちらにやってくる。連れている犬で近所の川村さんだとわかった。僕から「こんにちは」とあいさつをする。「こんにちは。いい天気ね」と返してくれた。

川村さんは僕の難聴のこともよく知っていて、いつもにこにこ声を掛けてくれる。言葉を見落とさないように僕は川村さんの口もとをじっと見つめる。

「今日はもう学校は終わり？　早いのね」

「はい。始業式と防災訓練だけだったから」

川村さんが、ん？　という顔をした。瞬間、微かな風が僕の胸を吹き抜け、ちくりと心臓を刺していく。僕は口形をはっきりと、そしてゆっくりめに「始業式と防災訓練」と言い直した。

「あ、ああ始業式ね。そうよね、九月一日だものね。じゃこれからお昼ご飯？　楽しみね」

そう言って川村さんは立ち去った。「防災訓練」という言葉は聞き取れなかったみたいだ。でも僕の胸はもう痛まなかった。

東聾に来ている子たちは重度難聴の人が多い。僕を含めたかなりの人が幼い頃に人工内耳の手術を受けている。そのうえで補聴器も使う。それなら相当聞こえているだろうと思われそうだけど、実はそうでもないんだ。音は聞こえても、言葉として聞き取るのはなかなか難しい。僕のように感音性難聴が強い人は、特に。

それに口で話す言葉も人それぞれ。聴者と変わらないくらい明瞭な発音ができる人もいる、らしい。でも僕にはだいぶ発音のゆがみがあるみたい。お母さんが言うには「子音が抜けやすい」んだって。

幼稚部や低学年の頃、先生の真似をしたり、鏡を見たりして、一生懸命発音の練習をした。家でもお母さんと繰り返し繰り返し練習した。それでも僕の発音は明瞭にはならなかった。

「ただいま」

「おかえり〜」

赤ペンを持ったままのお母さんが台所から顔をのぞかせた。添削をするお母さんの仕事机は台所のテーブル。広くて使いやすいの、なんて言っている。

「さっきね」とお母さんの指が軽やかに動いた。

「哲さんからラインでね。今度の土曜日、優翔に落花生を掘りにこないかって。今年の初物。行く？」

「行く」

もちろん。決まっている。

「じゃ、オーケーってライン返しておくね。きっと朝から迎えにきてくれるわよ」

「たまには哲さんのところに泊まりたいなあ。お祖母ちゃんがいた頃は僕もお母さんも泊まらせてもらっていたじゃないか」

一瞬、お母さんが真剣な顔をした。でもすぐに笑って、

「小学生におねしょされたら迷惑でしょ」

と、お昼ご飯のため、台所のテーブルを片付け始めた。


哲さんは、僕のおじさんだ。亡くなったお父さん、淳也父さんの二歳上のお兄さんで、哲也おじさんという。兄弟で「淳」「哲」と呼び合っているのをお母さんが真似して「淳さん」「哲さん」と言い、その呼び方が僕まで引き継がれているというわけだ。

お父さんと哲さんが育った静岡市清水区の家に、今は一人きりで住んでいる。

何より重要なのは、哲さんが僕と同じ難聴者だということだ。淳也父さんは聴者。大学でお父さんと知り合って結婚したお母さんも聴者。お祖父ちゃんもお祖母ちゃんも聴者。その中で哲さんと僕だけが難聴者として生まれたのだ。なぜなのかは誰もわからない。

僕にとってラッキーだったのは、哲さんと親しくしていたおかげで、お母さんに難聴に対しての理解があったことだ。僕が難聴だと分かるとすぐに手話も勉強して身に着けてくれた。それまではあまり手話を知らなかったんだって。だって哲さん、手話をあんまり使わないんだ。だから周りの人も使わずじまいできたらしい。

哲さんが静岡市の中聾に通っていた頃は、今よりずっと口話重視の教育で、学校で手話はほとんど使わなかったらしい。相手の口の形で言葉を読み取る読唇と自分の口でしゃべる口話が学校生活の中心だったんだって。

だから哲さんの読唇はかなり確かだし、口話のゆがみもあまりない、みたい。いいなあ、と僕は心底羨ましく思う。

ただ、それを言うと哲さん、

「手話を使えばいい」

と、そっけない。「手話の方がずっと使いやすい」って。

そうかな？　そうかな、そうかな！

僕たちは今、学校で手話と同時に読唇と口話も使う。僕たちの会話はだから、とても賑やかだ。

でも一番使われるのは口話。みんなおしゃべりする時は、まず口で話す。手話は補助手段といった感じ。僕も、そう。まずは口でしゃべりたい。

東聾の子たちや先生、お母さんや哲さんは、僕の話す内容をほとんど理解してくれる。でも学校や家以外で、僕の言葉を聞き取ってくれる人はなかなかいない。大抵の人が首を傾げる。たま～に手話や指文字を習って知っている人に出会うとほっとする。このまま大人になったら僕は、一体誰とおしゃべりすればいいんだろう。

ナポリタンをすくうフォークの動きがゆっくりになってしまった。僕をじっと見ていたお母さんがフォークをお皿に置いた。両手を中央から左右に開く。〝久しぶり〟を表す手話だ。

「久しぶりの学校はどうだった？　帰り道を忘れたりしていなかった？」

「うん。防災訓練があった。高等部の人と一緒に屋上に上ってすごく楽しかった。帰り道も順調、順調」

ピースサインで答えた。

土曜日の朝、哲さんが清水から車で迎えにきてくれた。週末の畑仕事で日に焼けた精悍な顔で、にこりともせずに「行くか」と僕にだけ言う。お母さんは傍らでにこにこしている。ずっとこういう人だから、慣れているんだ。

沼津から乗った国一バイパスを途中で静清バイパスに乗り換える。右手にどんどん形の変わる富士山、左手にきらきら輝く海が見られてとてもきれい。でも、僕がそれを運転中の哲さんに話しかけることは、ない。哲さんも黙っている。でも、つまらないなんて思ったことはない。逆に補聴器のスイッチを切って、車の走行音もない無音の世界に安心して浸っているんだ。

清水の鳥坂インターでバイパスを降り、巴川沿いを進む。住宅街に入り込み何回か曲がって哲さんの家に到着した。

裏に小さな畑のある瓦屋根の二階家は、建ててもう六十年以上という古い家だ。でも座敷の上の方、欄間というところに植物の彫り物なんかがあって立派な感じがする。広い座敷を通り抜けて、僕は薄暗い電灯が照らす細い階段を上がった。昔、淳也父さんが使っていたという畳の部屋に入る。本棚には何冊もの参考書。抜き出して開くと赤線が引かれたり、小さな文字が書きこまれたりしていた。

「勉強家だったんだ」

「当り前だ」

後から部屋に入ってきた哲さんが、むすっとした表情で言う。

「淳はずっと優等生だった。大学だって県外の難しいところも行けたはずなのに、県内の国立にいったんだ。本当にバカな奴で」

え、バカ?

「バカなんだよ。俺のことが心配でよそに行かなかったんだ。迷惑な話だ」

迷惑も、かけたのか。哲さんが悔しそうな顔をしている。

「だから、優翔はどこでも好きなところへ行け。俺は中学部を出てからずっと木工所で働いてきた。優翔を大学の一つや二つ、行かせてやる金は十分ある」

二つはいらないかな。でも、僕は素直に頷いた。


「哲さん、見て！　一つの茎に落花生がこんなにたくさんくっついている」

尻餅をついた僕は抜けた大きな茎の塊を哲さんに見せた。そして隣の大きな塊にまたかじりつく。全身の力を込めて引っこ抜く。

哲さんは煙草をふかしながら、畑の隅に座っている。好きなだけ抜けと言われたけど、さすがにこれ以上抜いたら三人では食べきれない。

「もう終わりか」

哲さんは立ち上がると真っ白な軍手を僕に投げて寄越し、自分も汚れた軍手をはめた。哲さん手作りの小さくて頑丈そうな椅子にそれぞれ座る。抜いた落花生の根っこから、落花生をむしりとっては、桶に放り込む。桶の中で土付きの落花生がどんどん山になっていく。僕は隙間のない桶の板の、なめらかな面を手で撫でた。

「桶も椅子も売れそうなほどしっかり出来てるねえ」

哲さんの口もとが少し緩んだ。

「家具職人だからな、静岡の」

そうだ、静岡市は日本でも有名な家具生産地なんだった。お母さんが以前、自慢そうに言っていたのを思い出した。

「でも」と僕は続ける。前々から不思議に思っていたことを聞いてみようと思った。哲さんを正面から見据えると、

「どうして東聾の高等部に行かなかったの？　高等部を出てから家具職人になってもよかったんじゃない？」

哲さんがふっと目を逸らした。手元の茎を見つめて、しきりに落花生をむしっている。僕は畳みかけた。

「僕より哲さんが今からでも高等部や大学に行けばいいのに」

突然、哲さんの座っていた椅子が転がった。勢いよく立ち上がった哲さんが桶を抱え、家の裏口にある水洗い場に持っていく。

え？　と驚く。僕、まずいことを言っちゃったか。

水しぶきをまき散らしながら哲さんは落花生を洗う。きっと大きな水音がしていることだろう。水を替えては幾度も洗う。

――どうしよう。哲さんを怒らせちゃった。

小屋から筵を出してくると、哲さんはそれを地面に敷いた。洗われてまっ白になった落花生を

その上に広げる。両手で広げているうちに、哲さんの動きがいつもの丁寧さを取り戻してきた。

「しばらく干しておく。乾いたら沼津に持っていこう」

話しかけるときの鉄則通り、僕の顔を見てそう言った。椅子や桶、落花生の茎や葉っぱなど片付ける哲さんの後にくっついて、僕は猫の手ほどにも及ばない手伝いをしてあるいた。


「優翔は何が得意なんだ。数学か」

涼しい風が吹き抜ける縁側で哲さんが尋ねた。

「まだ小学部だから数学じゃなくて算数。でもどの科目が得意なのか、全然分からない。お父さんは数学が得意だったんだよね」

「ああ。俺には難しくてわからないことだがな。高校でも数学はとびきりできたみたいだ」

「ふうん」

哲さんは何が得意だった？　と聞くのはやめておいた。

「俺はな」

しばらくの沈黙の後、哲さんが話し出した。哲さんの顔が少し柔らかくなっている。

「学校の授業の内容があまりわからなかった。一生懸命先生の口形を読んだんだが、それを考えようとする間に説明は先に進んでしまう。先生は手話を使って教えてはくれなかった。大体俺自身、手話をよく知らなかったしな。」

「僕たちは今、口話と手話、必ず両方使ってるよ」

「そうらしいな。俺は中学ではもう落ちこぼれていた。だからそれ以上学校へ行こうなどとは思わなかった。優翔は手話をきちんと使ってわかるまで勉強しろ」

うん、そうする。それから。

「それから……僕、勉強じゃないんだけど、作文が好きなんだ。作文ならいくらでも長く書けそうな気がする」

哲さんが目を丸くした。

「作文？　ああ、裕美さん、いや、お母さんの影響か」

うん、そうだと思う、と頷く。

夕暮れ時、車のトランクに次々と野菜が積み込まれる。

「それじゃあ、哲さんの分が残らないじゃないか」

と抗議する僕の声に気付かない振りをして、哲さんが掘った落花生を全部積み込む。そして「もう固いんだが」と言いながら、畑に残り少ないナスやきゅうりまでもお土産にしようとしている。

せっせと積み込むその無表情の横顔に、

「残りの計算ができないのか、くそじじい」

と言ったら、ギロリと睨まれた。

帰り道、車で寝てしまった僕が目を覚ますと、隣に哲さんがいなかった。身体をひねって外を確認すると、やっぱりコンビニの駐車場だ。もう沼津の家に近いのだろう。

哲さんは決して沼津の家に上がらない。家に着く直前でコンビニに立ち寄りトイレを済ませる。やがて思った通り哲さんがコンビニの自動ドアから出てきた。手にはお決まりの白い袋。きっとチョコやポテチが入っているはずだ。

「待たせたな」

運転席のドアを開けて、哲さんが袋をぬっと差し出す。遠慮はせず、僕はありがとうと受け取った。

「この店の裏が狩野川だ。川の周辺が整備されていてきれいだな」

「うん」

「優翔たちはいいところに住んでいる」

「うん」

でも僕の頭には、この間の防災訓練の時のことが思い出されていた。身体がぶるっと震える。

「ねえ、哲さん」

「何だ」

大きな瞳が真っ直ぐに僕を見つめる。

「そのうち巨大地震がくるって言われているでしょう。狩野川を津波がさかのぼってきたら僕たちは流されちゃうよね」

「津波が到達するまでには時間がある。駅の周りの高いビルに走って逃げるんだ。あるいは近くにマンションはないか」

「あ、ある。ガードからすぐの所に新しいマンションが」

「そこでいい。川の近くにいたら、ほれ、そのでかいホテルもある」

確かに結婚式場も入っている立派なホテルが、川沿いにどーんとそびえているのだった。

「じゃ、逃げられるね。良かった」

僕は心底安心した。

「お母さんと必死で逃げるよ。家が流されても命さえあれば避難所で暮らすことだってできるし」

「うちに来ればいいだろう。新井家の大切な孫で、俺の甥っ子だ。家族なんだからすぐに車で迎えにくる」

「お母さんは？　僕がどこかよその大学に行っていてお母さん一人になっても迎えにきてくれる？」

「当り前だ。裕美さんは俺が必ず助けにくる」

と、哲さんの目が一瞬、空を泳いだ。ひと呼吸おいて、

「淳の大事な嫁さんも、もちろん家族だ。家族は必ず助けにくる」

玄関の上がり框に積まれた多量の野菜に、お母さんは申し訳ありません、としきりに恐縮している。そしてさっさと帰ろうとする哲さんの捕獲を僕に命じて、既に用意していた何種類ものおかずのタッパーを紙袋に詰め、哲さんに手渡した。哲さんはお母さん以上に恐縮して、下を向いて何やらもごもごと口を動かしている。

僕は哲さんの腕をたたいた。

「いいんだって、家族なんでしょう」

そしてお母さんを見上げて言った。

「哲さんね、もし津波がきて狩野川が溢れても僕たちは家族だから助けに来てくれるって。僕がよそに行っていても、裕美さんは俺が必ず助けるって」

家族だから、と付け加える前に哲さんはもう車に乗り込んでエンジンをかけていた。玄関ではお母さんが首を傾けて、曖昧に微笑んでいた。

(二)

たった三人の扇型は小さい。

三人しかいない二年普通科の僕たちの机は、教室の前方で教卓を要とした扇形に配置されている。扇の形なら生徒同士で口形も手話もよく見える。僕たちはこの形で幼稚部から高等部の今までずっと授業を受けてきた。

東聾の高等部は普通科、商業科、福祉科の三つに分かれている。幼稚部からずっと仲良しだった真君は福祉科に進み、学校で共に過ごす時間はめっきり減っていた。

休憩時間、次の英語のテキストを机の中から出していたら、僕の机を叩く手が見えた。左隣から大介が腕を伸ばして僕の机を叩いているのだ。口が「なあ、なあ」と動いている。

大介は授業中以外めったに手話を使わない。大介の呼びかけに僕は気づかないことも多く、目の前に突如大介の顔を発見して驚くことがしばしばあった。

「文化祭の教室展示、考えたか?」

「もちろん、考えてない。お前、委員長だろ。好きに決めれば」

「無責任な奴だなあ。来週二年全体の話し合いがあるんだぞ。好きにしていいんなら、普通科の三人は文化祭はお昼寝のため欠席ですって言っちまうぞ」

「ばっか」

右隣の机で、莉子がけらけら笑う。

「ホント大介って眠たがりだよね。そのうち目玉が溶けて流れちゃうんじゃないかって学校の先生も寮の先生も呆れてるんだから」

「俺は病気で眠いんだ」

眠り病? と莉子が重ねた両手の上に顔を寝かせて大げさに左右に揺れる。

莉子は莉子で躁鬱気質じゃないか、と僕も大介も思うけど絶対に言わない。そんなことを言ったら二年普通科の教室は、一週間くらい喪中のように暗くなってしまうから。

静岡市の中聾出身の莉子の実家はおでん屋。小さい頃からお店を手伝っていて、自称、看板娘。確かにそこそこ可愛い顔をしているし、明るいし、何といっても莉子の口話の発音は聴者並みにはっきりしている、らしい。以前「おじさん受けが良さそう」って言ったら、しばらく痣が消えないほど背中を強くぶっ叩かれた。学校の寮に住んでいて、機嫌のいいときははしゃぎ回って寮の先生方を笑わせ、落ち込んでいる時は飯さえ食わず、困りきらせているようだ。中学部までは出会うことのなかったキャラクターである。

大介の眠り病もある程度本当。重い蓄膿症で、頭に靄がかかったようになるのだという。たまに鼻にレーザーを照射して蓄膿の症状は軽くなるんだけど、授業中の居眠りは改善されない。病気の半分は夜更かしの結果じゃないかと言ってやるのだが、奴は認めない。

「ね、筆談ホステスっていたじゃない」

うへぇという表情で僕と大介が顔を見合わせる。また莉子のぶっ飛び発言が出た。

「あの人どこかの議会の議員になったんだよね」

「だから？」

「だからさ、文化祭で紹介できないかと思って。聾でも難聴でもそんなふうに頑張っている人を何人か」

あ、ああ。親指を顎に当てて人差し指を振る。なるほど、なるほど。大介も貴重な意見の提示に「いいよ、いいよ、決まり」と簡単な手話であっさり同意した。

母さんが添削の仕事を切り上げて就寝しただろう真夜中。我が家の電灯は僕の部屋だけ点っている。

補聴器はケースにしまい、夜はもっぱら音のないプライベート空間を楽しむことにしている。人工内耳や補聴器が拾う音から言葉を聞き分ける作業は、結構疲れるものなのだ。

机に向かってタブレットの小説投稿サイトを眺めていた。僕が投稿したパロディ小説のフォロワーの数を確認する。前回から極微増。三桁にはまだまだ遠い。思わず「こんなもんかあ」と愚痴が出た。

自分ではなかなか面白く書けたと思っていたのだけど、内容が浅いのかもしれない。一七歳では人生経験が足りないのか、読書量がまだ少ないのか。考えたくないけど、耳から自然に流れ込む日本語の分量の圧倒的な差が、物を書くセンスの違いとなって、聴者に追いつくことのできないハンデを僕に負わせているのかもしれない。

そこに思い至ると胸の中がジリジリと苦しくなる。そんな時はいつも、しかし、と思い直す。母さんは耳の聞こえない僕を一人にする危険を考えて、家でできる添削の仕事を選択してくれていた。台所のテーブルの上には高校生対象の国語の問題文や、小論文の解答例がいつも積まれていた。読み聞かせをしてもらうかわりに、僕は小学生の頃からそれらを黙って読んできた。そんな人間はそうはいないだろう。だから、きっと、まだ上昇できる。

それに、投稿サイトでは誰も僕の発音が変だなどと笑わない。コメント欄で難聴であることを打ち明けても応援してくれる。耳の不自由な僕が気付きにくい文章表現の間違いも教えてもらえる。考えたことを自由に表現でき、励まし合える場は貴重だった。

朝、目が覚めると玄関の方で何やら人が来た気配がする。日曜の朝のこの気配は……。

「おー、かぼちゃ。かぼちゃのシチューうまいんだよなあ。さつまいもは天ぷらがいいね」

補聴器を装着して玄関に出て、ひと月ぶりの野菜の到来を祝う。部屋から出て来て食べ物のことしか言わない僕に、母さんが顔をしかめた。

「挨拶をするのが先でしょう」

僕は、やあ、と右手を振る。「哲さん、元気だった?」

哲さんは通販の定期コースのように畑で採れた新鮮な野菜を毎月届けてくれる。そして宅配便の配達員のように慌ただしく帰る。

「おう、優翔。野菜いっぱい食べろよ」

と、もう踵を返している。

「は〜い」と手を振る僕に、「は〜い、じゃないわよ。哲さんをとめて」と、母さんがサンダルをつっかける。

「哲さん、たまにはうちでご飯を一緒に……」

追いかける母さんをおいて、哲さんの車は走り去った。

「後ろから話しかけても聞こえてないって」

戻ってきた母さんに言う。

「落ち着き払った言い方はやめて。大体優翔が野菜採りに行かないから、哲さんも迷惑かと思って誘わなくなっちゃったんだから」

いつもの愚痴が始まった。「はい、はい」と流すと、

「母さんが野菜採りに行けばいいよ。僕が行くより哲さん喜ぶよ」

うっと言葉を詰まらせて母さんが立ち尽くす。僕はさっさと部屋に戻った。文化祭の展示に書く情報を収集するため、部屋でタブレット操作に励まなくちゃいけないんだ。


文化祭に使用する教室の展示が着々と進んでいる。東聾には空き教室が幾つもあるので、普段使っている教室を片付けたりする必要はない。文化祭当日にカーテンで隠してしまえば、一丁あがり。

少子化による教室余りは今、日本中どこの学校も同じだろう。しかし、聾学校はもう一つ事情を抱えている。聾学校ではなく、一般校への就学を選択する聴覚障害者が増えているのだ。

人工内耳が急速に普及して、就学前に手術を受ける人が多い。残存聴力が上がれば、それを生かして聴者と同じ口話の世界で生きていかせたい、そう親が望むのは当然のことだ。

浜松市出身の大介も小・中学校は一般校だった。が、彼の場合は中途失聴だから、ちょっとケースが違う。小学校の中学年あたりから徐々に聴力が落ちてきて、友達との会話や、授業中の先生の話を聞き取るのが難しくなり始めた。中学校でますます聴力低下が進んで本人も親も困り果て、高等部で初めて聾学校にやってきた。レアなパターンだ。

廊下の突き当り、高等部の空き教室の一つに、人間の頭部のマネキンが戸棚に幾つも飾られた部屋がある。夕暮れに一人でその教室を覗いたら、かなり怖いかもしれない。

教室の入り口に〈理容科〉と札が掲げられている。今はもうないかつての学科名だ。人工内耳も音をより分けてくれるデジタル補聴器もない時代、難聴者には黙々と作業する技術系の仕事が勧められることが多かった。高校生の時すでに、生涯それで生きていける技術の習得を目ざした、その名残りが今はほこりをかぶって眠っている。

十月の土日、文化祭の当日になった。僕たち二年生は三つの科を合わせた十八人を四グループに分け、当番制で展示の説明を担当することになっていた。

俳優や弁護士、政治家、音楽家。ネットで検索できた聴力障害の有名人はたくさんいた。結構膨らみのある展示となったのは、活躍している人の紹介に加えて、耳の聞こえの仕組みや聴力の基準値などの説明が図解付きで詳しく展示されているためだ。これは商業科からの提案だった。

文化祭には生徒の保護者だけでなく、地域の人や教育委員会の人などいろいろなお客が来る。

聴者には聞こえの仕組みにあまり関心のない人もいるから、仕組みを知ってもらうのも私たちの役目だと思う、という普通科の三人の頭が思わず下がりそうな立派な理由がついていた。

今の時間、僕は当番として三人の仲間とともに展示教室に待機している。教室の入り口付近で福祉科の男子が、誰かの保護者っぽい二人連れに説明をしている。

「音は空気の震えです。耳に入った震えは外耳道を通って中耳の鼓膜を振動させます」

お客の二人はにこにこと頷きながら聞いている。その笑顔からきっとよく知っている内容なんだろうなと推測する。福祉科の彼は、掲示の絵を指示棒で示しながら丁寧に続ける。

「この振動が耳小骨で増幅されて内耳のうずまき管に伝わり、そこで振動が電気信号に変わって脳に運ばれ、音として認識されます」

彼が一息つくと、お客の二人は左右の手をくるくる振って拍手する。説明をやりきった彼は嬉しそうだ。

ふと教室の出口を見ると、中を覗いているスーツ姿の男性が一人いた。たたたっと駆け寄り「説明します」と教室に誘い込んだ。

「え、なに?」と男性はとまどっているけど、ま、今日は文化祭だから付き合ってもらいましょう。

「聴覚障害を持ちながら活躍する人は大勢います」

男性が、説明を始めた僕の口元を見つめて唖然としている。

あ、と思う。聴者のお客なのだ。僕の不明瞭な発音を読唇で読むことができない。僕は口形を大きくし、手話をゆっくりにして、

「一般によく知られているのはベートーベンで、四十八歳の時に完全に失聴しています」

とやってみたが、まるで分からないようだった。仕方なく指示棒でベートーベンの肖像画を指し示した。そこでようやく、

「ああ、ベートーベンね。知ってるよ。途中で聞こえなくなったんだろう」

ほっとした。教室に用意されているメモに、

〈そういう人を中途失聴者、と言います〉

と書いて差し出す。うん、うんと頷いてくれる。

でも、これでは埒があかない。

次の展示、日本ハムのユニフォームを着た野球選手の写真を指す。

「石井投手だね」

男性がにっこりする。僕は頷くと、〈お好きなペースでお読みください〉とメモに書き、どうぞの手の形で説明文を指した。

「石井裕也投手は先天性の難聴で左耳は完全に聴力がなく、右耳も補聴器をつけてわずかに……」

と、他の生徒のように読み上げたかったが、僕は声を出さなかった。

その後は僕が写真や絵を示し、男性が説明文を黙って読むことの繰り返しだった。最後の掲示を読み終えた男性が手を差し出した。

「ありがとう。面白かったよ。勉強になった」

軽く握手して別れる。良い人だった。しかし、これからの説明は他の仲間に任せよう、僕は、そう心に決めた。

男性と入れ替わりに「おつかれ〜」と大介が教室に入ってきた。「体育館でやってるダンスかっこいいぞ。見て来いよ」

当番を終えた僕たちのグループは、小走りで体育館に向かった。

文化祭を無事に終え、代休も明けた水曜日の夜、いつものように無音を楽しんでいる僕のプライベート空間に、スマホの光と振動が侵入してきた。開くと大介からのラインだ。
《沼津駅にいる。出て来い》
はあ？　時計を見ると夜の十二時近く。
《お前、寮で寝てる時間じゃないの。生き霊か？》
《そうだ。出て来い。待ってる》
ったく！　パジャマを普段着に着替えて補聴器を装着し、玄関と自転車のキーをもって、寝ている母さんを起こさないようそうっと階段を降りる。息を詰めて玄関の鍵を回し、外へ出た。泥棒のように慎重に鍵を掛け、サイクルハウスの自転車を持ち上げると、そっと道路に降ろした。

……自分の家で何やってんだ、僕は。

大介に会ったら存分に文句を言ってやろうと意気込んで自転車を漕ぐ。いつもは徒歩で通学している道だけれど、自転車を使うとあっという間に駅周辺に到着した。真夜中でも沼津の街中は電飾がついて明るい。かたまってじゃれあっている酔っぱらいの会社員の集団がそこここにいた。指定された南口のビルの前に行くと、

「遅ーい」

と口をとがらせた莉子が大介の隣に立っていた。

「優翔が家を抜け出すより、私たちが寮を抜け出す方がずっと大変なんだからね」

と、妙な恩を莉子が売ってくる。

「誰が抜け出してくれなんて頼んだよ」

まあまあと間に入った大介が、

「港へ行こ、港。俺、まだ沼津港にいったことがないんだ」

さっさと歩き出した。

狩野川べりはライトがついて明るく、黒い波がタプタプと揺れているのが見える。沼津港まで

は ちょっと距離があるので、最初は僕と莉子が自転車に二人乗りして大介が走り、次に大介と莉子が二人乗りして僕が走った。

「お前漕がないの？　女子みたいじゃん」

そう言ったら案の定、莉子に背中を思い切り叩かれた。

そうしてついた沼津港は、みなと商店街のシャッターが全て降ろされ、漁船も係留されたままの静かな佇まいを見せていた。

「これが沼津港か」

「残念だったな。砂浜を走って青春できなくて」

「昼間だったらクレープ屋さんがあって青春できるのに」

大介が苦笑する。すかさず挙がった莉子の手を避けて、あのさぁ、と切り出した。

「学校も寮も時間でカリキュラムが決められているだろ。先生達の監視のないところでゆっくり話したいとずっと思っててさ」

ああ、と納得する。二人は学校を終えても寮で勉強時間、就寝時間まで決められている。夜更かしも自由にできないのは、そりゃあ窮屈だろう。週末はそれぞれ静岡と浜松に帰るから、なかなか三人でゆっくり話す機会もない。

「優翔も莉子もずっと聾学校育ちじゃん。高等部を卒業したらどうするのかなって気になっていて」

どうするって、えっと、と考え始めたら、私はね、と莉子がすぐに反応した。

「独立する」

独立？　僕と大介が同時に彼女を見た。

「二人でおんなじ顔して〜」

きゃらきゃらと笑う。

「私たちってさ、ずっと守られてきたじゃない。たぶん一般校の生徒たちより手厚く目をかけてもらって。高等部を卒業したらね、自分の力で生きていきたいなって思っていて。働くの。もう希望の会社も決めてある、県外」

「学校で推薦する会社じゃないのか」

「そう。私の憧れの会社でそこにはまだ聴覚障害の人が入ったことはないの。だから難しいかもしれないけど。そこの事務職に決まったらお祝いしてね」

へえ、案外しっかり考えているんだ。目標の会社ももう決めているなんて。

「そうか。頑張れ。お祝いは出来たらやろう、な、優翔」

と、大介が言うから、そうだなと合わせた。

「俺もな、県外希望。東京の私大を何校か受ける」

大介からは予想通りの言葉が聞かれた。

「入試の最中に眠っちまわなきゃ受かるかもな」

「そう、そう」と莉子と二人で茶々を入れてやる。

大介は聾学校では雰囲気が少し違っていた。態度とか話し方とか、やっぱり一般校出身者だなという感じがしていた。

「俺は東聾には大学受験のために来た。一般高校の聞こえない授業で落ちこぼれるより、聾学校で高校の勉強をしっかり身に着けようと考えたんだ。大学から先は聴者の世界で対等に生きていく」

そうか。二人とも高等部卒業後は聴者の世界で生きるのか。

「ねえ、優翔は?」

「僕は」気持ちを素直に言うのがためらわれた。でも。

「……まだしばらく難聴の世界にいようと思う。莉子も大介も口話を聴者とそう変わりなく話せるだろう。だけど僕はそうじゃない。僕の口話は聴者をとまどわせてしまう」

二人は黙っている。そんなことはない、なんて気休めは言わない。

「……そうすると?」

「うん。筑波技術大学一択かな。聴覚障害者と視覚障害者が行く国立大学。うちは父親がいないから学費が安いのも魅力だし。前は文学部に進学したいなんて思っていたこともあるんだけど」

「優翔は文章を書くのが得意だもんな。何か一人でやってるなあって見ると、何千文字もタブレットに打ち込んでいてびっくりする」

「ほんと。私なんかいつも文章がおかしいって言われるのに。そういう人も多いのに、優翔は変わってるよね」

「僕は変わってるのか？」「うん、すごーく変」

帰り道は急ぐ気がしなくて、自転車をずっと押して歩いた。もう深夜二時過ぎだから駅周辺に人の姿もなく、ビル街を吹く風の寒さが冬の近いことを感じさせる。その中を三人だけがとぼとぼと歩む。

「大介、安心したね」

突然莉子が言って大介がうろたえている。え？　僕は眉をひそめて二人を窺う。大介が口に指をあてたって、莉子の手話がばらしてしまう。

「だってぇ、優翔が落ち込んでいるんじゃないかって」

あ、と思い当たった。文化祭の当番交代の時。僕の口話が通じていないのを大介見ていたんだ。

「簡単に落ち込むほど柔じゃないさ。よくわかったぞ。こういうのをありがた迷惑って言うんだ」

「私たちが誘ったのが迷惑なの？」「うん、すごーく迷惑」

僕はひらりと自転車にまたがり莉子の攻撃の手をかわした。もうすぐ駅の北口に着く。ここから寮までは遠くない。僕は手を振って二人と別れた。

ところで、この青春エピソードには後日譚が付いてしまった。寮では二人が抜け出したことがしっかりバレていて、二人はその晩、寮の先生たちにこっぴどく叱られたそうだ。そして翌木曜日の朝、始業前。

校長室に呼び出された僕たち三人は、校長先生からの判決言い渡しを待っていた。莉子の身体が小刻みに震えているのがわかる。

「未成年だけの深夜徘徊は市の条例違反、自転車の二人乗りは道路交通規則違反に該当します。寮を無断で抜け出すのは寮則違反。よって三人には、三日間の停学処分を申し渡します」

……やっちまった。停学かぁ。母さんになんて言おう。

すると隣に立っていた莉子が突如、全身を震わせて力一杯泣き出した。顔が崩れて口が「わ」と「ん」の形を行き来する。彼女の泣き声を補聴器が拾って増幅し、きーんとハウリングを起こしてたまらない。僕と大介はそっと補聴器のスイッチを切った。きっと100デシベルくらいの音量で泣き声をあげているに違いない。

職員室に通じるドアを開けて数人の先生が駆け込んできた。莉子を抱きかかえるようにして宥めている。それでもこの世の終わりといった風に大泣きしている莉子に、ある先生が、

〈停学は調査書にはただの欠席として書かれます〉

とメモ書きして手渡した。流れる涙の合間から文字が読み取れたのだろう。莉子の全力の泣き顔が、だんだん普段の顔に戻ってくる。

やっと莉子が泣き止み、三人で深々と一礼して校長室を出る。ドアに手をかけた僕たちに、校

長先生が手話だけで話しかけてきた。

「将来について話し合うのは大切なことよね」

僕と大介はにっと笑い、莉子は満面の笑顔で「はい」と答えた。

㈢

校門におおいかぶさるように枝を広げた桜の木に、黄緑色の葉がみっしりと茂って、東聾は初夏を迎えていた。

「おはよう」

「優翔先生、おはようございます」

入学してまだ三か月の中学部一年生は、拳を顔の横ですべらせた後、両手の人差し指を曲げて丁寧な挨拶を返してくれる。まだしぐさが初々しい。校門に立っていると小学部から高等部まで、学年による子供たちの雰囲気の違いが見られておもしろい。朝の挨拶当番は僕が楽しみにしている仕事の一つだった。

今春、僕は筑波技術大学を卒業して東聾の中学部の教員として採用されていた。中一と中二の数学を受け持っている。所属は中学部一年の副担任だ。

今年の中学部一年生は目の前にいる、わずか二人。年度により増減はあるものの、全体の傾向として生徒数は年々減少している。

「優翔先生、さっき森先生の車が西門にぶつかりそうになっててね」

「優翔先生の車、青いのだよね。先生背が高いのになんで小さい車なの？　うちのお父さんは大きい車だよ」

「ねえ、先生昨日の数字ひらめきクイズ見た？」

二人の女子生徒は、それぞれ好き勝手に喋り出す。

難聴の子たちの会話は基本的に目の前の人との一対一だ。相手になり始めるとそれぞれのお喋りが延々と止まらなくなる。僕は「朝のランニングに遅れるぞー。早く支度してきなさい」と二人を教室に追い立てた。


「いらっしゃい」

日曜の朝、パジャマ姿で台所に入った僕は、そこでコーヒーを飲んでいる哲さんに声を掛けた。

哲さんが家に上がってお茶を飲むなんていう信じがたい光景が、この一～二年、それほど珍しいものでなくなっていた。ただ、哲さんが家に上がるのは僕がいる時、限定。そこが哲さんらしくて可笑しい。

本当は全額ローンで手に入れた僕の軽自動車で、野菜を清水に受け取りに行けば手間なしであるのだが、沼津の家で待つ、母さんの楽しみを取り上げてしまうわけにはいかない。

哲さんの様子に変化がみられるようになったのは、僕が大学三年の夏休みの頃だ。

僕が学んだ大学には聴覚障害のスペシャリストが集まっていたから、最新の聴覚支援機器の情報が入るのも早かった。今さら人工内耳の手術などやらないと拒絶する哲さんに、僕は大学の夏休みに骨伝導集音器を買って帰った。僕にはあまり効果の現れない機器だったけれど、効果は人によって違う。哲さんに是非試してもらいたかった。集音器を装着してすぐさま、哲さんの目が見開かれ、「お?」「おお?」と声が漏れ、そして固まった。やや経つと、「こんなことがあるのか」とポツリと言った。「俺の声が聞こえる」

その時から哲さんの様子が徐々に変わったように思う。野菜を定期便のように届けに来ても、宅配便の配達員のようには素早く帰らなくなった。集音器を装着して、母さんや僕と何てことのない会話をしていく。その時間が徐々に伸びて、家でお茶をするまでになったのだ。厳しくひきしまっていた哲さんの表情に、仏壇の父さんの写真のような柔らかさが少しずつ加わった。

写真でしか知らない父さんは、数学が非常に得意だったと哲さんから聞いている。僕は非常にとはいえないまでも結構好きで、大学では情報や工業ではなく、数学の教員免許をとることを選択した。採用が決まった時、哲さんが泣かんばかりに喜んだのはいうまでもない。

お昼ご飯も食べていってください、と母さんがすすめるのはあっさり断り、哲さんの定期便は清水に戻っていった。

長年台所に積まれてきた添削の教材は、もうない。四十八歳になった母さんの目は近くが見えづらく、細かい字を追うのが大変になったのだそうだ。もともと自宅でする仕事では大した稼ぎにはならなかっただろう。それでも僕が奨学金を借りることもなく大学を卒業できたのは、ひとえに哲さんの援助のおかげである。

「ハンデのある者に、さらに借金を背負わせて社会に出せるか」が口癖で、それは甥っ子への愛情であり、かつ、同じハンデを持つものとしての哲さんの意地でもあっただろう。僕はその恩に、人生をもって応えていかなければならない。

母さんには座っていてもらって、僕は哲さんと母さんのコーヒーカップを片付ける。そして用意されていた自分の分の朝食にとりかかった。目玉焼きを頬張りながらさり気なく言ってみる。

「哲さん、いちいち帰らないでこの家に住んでしまえばいいのに。清水の家はもう古いんだしさ」

母さんがハッと顔を上げた。僕を見つめている。僕は皿のハムを二枚、三枚とどんどんやっつけていく。

「住まないわよ。住むはずないじゃない。哲さんよ」

「ふうん」と言いながら僕はご飯にかけるお茶漬けのりを探す。あった、あった。醤油さしの横。

「私もね、考えたことがあったのよ。あと何年か経ったらね」

お湯をかけたお茶漬けが良い匂いを漂わす。

「この沼津の家に優翔とお嫁さんが住んでね、哲さんと私が清水の家に住んだら、なんて素晴らしいんだろうって」

「なるほどー」

ざくざくとお茶漬けを流し込むとお腹が満ち足りた。席を立って食器を片付ける。

「なにが、なるほどよ。優翔がへんなこと言うから、ちょっと考えたことを言ってみたのに」

「僕のお嫁さんかあ。あと五十年くらいかかりそうな話だな」

ブログに上げた新作小説の反応を確かめに、僕は部屋のパソコンを立ち上げにいく。テーブルでは母さんが口をへの字に曲げて座っていた。


僕のラインはパソコンでも送受信できるようにしてある。パソコンのスイッチを入れると、久しぶりに莉子からラインがきていた。静岡市にある彼女の実家のおでん屋におでんを食べに来ないか、とある。《いいねえ》と返すと、《大介は忙しいかな》ときた。《連絡してみる》と返しておいた。

莉子は高等部を卒業すると、希望通り神奈川にある化粧品会社の事務職に採用されていた。就職した当初は山のように送られてきたラインも、そのうちその数が減り、期間が空き、今は季節の挨拶程度の頻度である。就職して五年目というともう中堅社員となるのか。彼女独特の勢いのある話を聞いてやろうと思った。

大介は東京の私大の社会学部に進み、今年大学院に進学していた。

もともとラインの文面が最短の奴だから、特に用事もないのに連絡してくることはない。あいつのことだから、きっと元いた聴者の世界で堂々と生きていることだろう。結局、静岡県に戻って今もなお難聴の世界に生きているのは、僕一人だけだった。

二人が帰省できる土曜日。夕方、静岡駅で大介と待ち合わせた。

随分体格が良くなっている。向かい合わせた両手の指を左右に大きく開いたら、そうか？　ととぼけてみせた。

静岡駅の南口を出て、幹線道路の一本内側の道を進む。その道を左に折れた路地の途中に、莉子の実家のおでん屋があった。

店の二つしかない座敷の一つに、僕たちは上客のように通される。

「おい、こんな部屋を使わせてもらっても、俺たち大したものは頼めないぞ」

「大丈夫。おでん屋に大したものはないから」

注文してもいない料理を盆に載せて運んできた莉子が、くすりと笑った。あれ？　大口開けて笑うんじゃないのか。

彼女のお母さんが追加の料理とビールを運んでくると、

「莉子ちゃん、今日はもう手伝わなくていいからね」

愛想よく僕たちに会釈をすると、障子を閉めて出ていった。

「帰省した時は店の手伝いをしているんだ。えらいな」

「ふふ、えらいでしょう」

品良く答えるからとまどってしまう。

お母さんからの奢りだという料理に遠慮なく箸をつける。料理もビールもどんどん減っていく。

「優翔、東聾はどうだ。変わったか」

「同じだよ。生徒数が減っているだけの違い」

「数学を教えてるんでしょう？　生徒がもっと少なくなってもずっと聾学校で勤められるの？」

大介はもとより、莉子もあまり手話を使わない。僕の読唇とデジタル補聴器は、能力フル回転である。

「いや、一般校への転勤もあると思う。僕は特別支援ではなく、一般の中学数学としての採用だから」

二人の表情にすっと不安が走った。

「その時はさ、咽喉マイクを使うことを考えている。喉の震えを拾って音声に変えてくれるやつ。僕の口話も聞き取りやすくなると思う。転勤する頃にはもっと進んだ機器が出来ているかもしれないし」

「そうね。すごい速さで技術が進んでいるものね。ねえ、小説の方は？　まだ書いてる？」

「それも何とか続けている。書くのが好きだからやめられない」

僕の手話を懐かしそうに見ていた莉子の両肩が、そこでしぼんだ。

「順調だなあ、優翔は」

牛筋の串に魚粉をかけていた大介の手が止まった。

「私はね、辞めちゃったの、会社。一月に向こうを引き払ってきてからもう半年。今はこのお店の手伝いだけをしている」

言っちゃった、と舌をぺろりと出した。

「憧れて入った会社だから、頑張ったのね。うん、頑張った……頑張った……と言うその先が続かない。首をしきりに傾げている。瞼がみるみる赤くなる。僕は莉子に、手話を使え、と手話で伝えた。

覚えているかな、そう口を動かしたあと、莉子の手が話し出した。

「憧れのメーカーだったの。だから、嫌なことの一つや二つあっても辞めないぞって決めてたんだけど」

手話をつけると口の回りも良くなった。

「私、口話だけは得意だったから、聴者の中でもうまくやっていけるって思っていた。けど、普通に話せると、なんだ、聞こえているんじゃないって思われがちで。部署の連絡事項なんかがあるでしょ。早口で何を言っているのかわからない。あとで内容を同僚に筆談で聞くんだけど、いちいち書くのは面倒らしくて……」

見慣れた莉子の手話が、滑らかに語る。

「だから人に尋ねずに仕事をしていると、失敗をしてしまったり。そうすると、なぜ人に確認しないのかって怒られるの」

莉子の目から涙が静かにこぼれる。辛かった日々の想いが涙となって静かに流れ落ちていく。

「それは会社の方に問題がある。すべての社員に情報を知らしめる義務が会社にはある」

大介が憤る。

「でも私一人のために余計な時間や労力をかけさせたくないし。せめてあと一人でも難聴の仲間がいたらなって切実に思っていた。弱虫でしょう」

「それを言ったら難聴の世界から一歩も出ない僕はもっと弱虫だ」

その通り、と大介が握りしめていた箸を置く。

「でもね、優翔は文章が得意だから羨ましい。小説まで書きたいとは思わないけど、筆談したり、部内回覧のお知らせを書いたりすると、私の日本語がへんだって、こそこそ話してるの。こそこそ話したって口形でわかっちゃうんだけど。ただ私に渡してくる他の人のメモが子供相手みたいに簡単な文章」

ふふふと笑う。

「それは会社相手に闘わなきゃいけない事項だ。社会は多数派のためにだけあるのではない。少数派への配慮を欠いてはいけない」

「大介は強いなあ」

莉子の笑顔に明るさが戻ってきた。

「私は自分のことで精一杯で社会だなんて大きく考えてない。次に就職する時は聴覚障害者の採用実績のある会社を選ぼう、なんてね。一人では弱すぎてしまうから」

話しながら自分で、うん、と頷いている。

「ただ、そしたらね、今度は仲間と一緒に会社にしてもらいたいことを言おうって思ってる。そう、ちょっと闘う。手話も会社では封印してきたけど、逆に聴者の同僚に教えてあげるのもいいかなって。手話に興味のある人は結構いる気がする」

うん、うん。僕は大きく頷く。

「そうだ。莉子ならやれるさ」

と大介が言う。皿を押しやって、テーブルに肘をついた。

「俺はな、闘ってきた、ほぼ一人で。俺は怖いらしくて誰もいじめてくれはしなかったが」

コップからビールではなく、お冷やをひと口飲んでいる。

「大学ではノートテイクの人を二人つけてもらった。二人で分担するから講義内容も教室の雰囲気も良く分かった。しかしそのうち、音声認識ソフトが導入されてな、教授の話を文字化するやつ。それでノートテイクの人が一人削られた。だけど、ソフトは誤変換が多くてさ。ノートテイクの人がパソコン上で誤変換を修正するだけで講義が終わっちまう。教室で何が話されてなぜみんなが笑っているのか、とても把握できない」

ああ、良くわかる。

「俺の耳は年々聴力が落ちて、もうほとんど聞こえない状態なんだ」

えっ？　と漏らした莉子が、慌てて両手で口を押さえる。

「でも入試で合格しているんだ。講義の内容をきちんと伝える義務が大学側にはあるじゃないか。だから学生課に何度も掛け合った。リモートによる文字通訳をつけてくれって」

「権利意識が強いなあ」

と言うと、当然だろうと息巻く。

「なかなか動いてくれなくて、大学三年になる時ようやく実現した。これが一番いい対策だった。それでもわからないことは友人にノートを見せてもらう」

「じゃ、最初から友達に頼ればよくなかった？」

権利を放棄するようなことを俺はしない、と威張っている。

「大学で聴覚障害のサークルを作って、学内の難聴者をネットワーク化した。これからは学外にも広げる。難聴者の誰もが声をあげて、行政に働きかけることのできる団体に育てようと思う」

闘う社会学者だな、というと、座椅子に背を預けて、闘う院生と言ってくれと笑った。

浜松への帰省が久しぶりだという大介を新幹線口に送り、一人帰途につく。この四年半、二人が穏やかな天候ばかりではない日々を、懸命に生きてきたことを初めて知った。今後、莉子が草の根的に会社で行動を起こし、大介が社会相手に闘っていくのなら、僕は何をしたらいいのだろう。未だ難聴の世界にとどまっている、そんな僕にできること……。

何だろう、何だろうと考えている頭に東海道線の車輪のガタンゴトンという振動がかぶさる。久々の三人での邂逅が僕の身体をカイロのように温めている。何だろうと呟いているうち、意識が曖昧になり、いつしか途切れた。

「そろそろ落花生が獲れる時期よね」

母さんがカレンダーを眺めている。そういえば九月の野菜定期便がまだ来ていない。

「哲さんに落花生はまだですかってラインしたら？」

そんなずうずうしいことできないわよ、とむくれる。父さんが亡くなってから二十年、四十八歳と五十二歳の二人はかたくなに他人行儀を続けている。

「母さん」と声を掛けた。

「来週の三連休に一緒に清水に落花生を採りに行こうか、僕の車で」

「えー、私も？」と言う、母さんの嬉しそうな顔。

じゃあ哲さんに連絡しておいて、と手筈は母さんに任せて、僕は暇な休日を授業の準備にあてる。視覚教材が大切なので、大判のプリント作りは欠かせない。模造紙にマジックでキュッキュッと書き上げる。それが済むと、口語の文法書を広げた。ノートによく使われる助詞、形容詞と形容動詞、簡単なようで紛らわしい敬語などを拾いあげているところだ。

品詞名や細かな説明は省略。国語の先生に確認してもらったら、言葉の使い方をクイズ形式にするつもりである。それをプログラミングして、東聾の子供たちに遊んでもらえないかと考えている。

莉子の話から思いついたものだった。やがて聴者の世界で生きていく子供たちが、日本語の記述で困ることのないように、と。もっと良い方法があったら迷わず作り変える。自分ができること、まだ僕はそれを模索し始めたばかりだった。


三連休、初日の金曜日は雨だった。四国沖で熱帯低気圧が台風15号に発達したせいだ。哲さんからは早々に、落花生採り延期の連絡が来ていた。

「なにも今日降らなくたっていいのに」

楽しみを潰された母さんが雨に文句を言っている。

雨と風は、午後になって強さを増した。夕方には台風が東海地方に最接近して、テレビでは台風のニュースばかりが放送されている。静岡県西部に線状降水帯が発生し、道路を冠水させて水が激しく流れる浜松市街の映像が繰り返し映された。

「こんなに激しい雨になるなんて」

呆然としつつも、母さんは非常用持ち出し袋を押し入れから出している。心配そうに言う。

「狩野川は大丈夫かしら」

同感だった。津波の遡上ならばすぐさま高いところへ避難する。しかし、大雨で狩野川が氾濫した場合はどうしたらよいのか。二階の窓から屋根へ母さんと逃げるか。それとも今のうちに車で避難するか。しかし窓の外をふぶく大雨をみると、闇夜に出ていく勇気も持てないでいた。

「いざとなったら哲さんが助けにきてくれるわよね」

おいおい、と思う。西部の次に危険区域に入るのは哲さんの住む中部でしょうが。

部屋からノートパソコンを持ってきて、ラインを開いた。パソコンなら二人同時に見ることができる。既に哲さんから幾つも《大丈夫か》と送られてきていた。《OK。無事》と送る。そして通話ボタンを押し、パソコンを母さんに押しやった。母さんが幾度も同じ言葉を繰り返したりしているが、何とか会話できている感じ。

大丈夫だって、と母さんがにっこりした。

僕は通話ボタンを切り、メッセージに《哲さん、電話聞こえた?》と書いた。《大体。集音器を掛けている》との返信。骨伝導集音器が、嵐の夜に哲さんと僕たちをつないでくれていた。

深夜十二時を過ぎた。外では暴風雨が逆巻いている。台風は徐々に東に移動し、静岡市で線状降水帯が発生したという。静岡市葵区の山間部で土砂崩れが発生とテロップが流れる。午前二時を過ぎても、僕と母さんはニュース画面にくぎ付けになって眠るどころではなかった。

と、テレビ画面に「巴川」という文字が見えた。「静岡市葵区と清水区で巴川が氾濫」という無機質な一文が画面の上を流れる。二人で思わず顔を見合わせた。巴川って、哲さんの家の近くを流れる、あの巴川か。

急いでラインを開く。哲さんに《大丈夫？　水はきていない？》とメッセージを送るが、返信はこない。母さんが自分のスマホから直接電話を掛けたが、呼び出し音も鳴らないようだ。何度も何度も試したが、駄目だった。

「哲さんのスマホの電池が切れたんだよ」

そう言うしかなかった。

そのうちニュースに巴川流域の映像が映し出された。横に長く走るのは静清バイパスか。その辺り一帯が茶色い水に浸されている。

車のタイヤの下半分ぐらいが水に浸かっている場所と、フロントガラスまで水に埋まっている場所と水の深さはまちまちだ。返答のないラインに《哲さん、二階に逃げたか。水かさが増すようなら屋根へ逃げろ》と打ち込んだ。

テレビ画面に静岡市の山林で送電鉄塔二基が倒れているのが映る。清水区で大規模停電が発生しているらしい。

「哲さんを助けにいきましょう」

と、いくら母さんに頼まれても、この状況で清水に向けて車を走らせるわけにはいかない。明け方までの数時間を、息を詰めるように僕たちは過ごした。

暴風雨の一夜が明け、窓の外には台風一過の青空が広がっている。温帯低気圧に変わった台風15号は、発生から消滅までわずか一日の台風だった。深夜の清水港満潮に合わせて溢れた巴川は、明け方には流下を加速させ、浸水した地区の水位がどんどん下がっていくのがテレビの画面越しに見て取れた。

哲さんとの連絡はまだつかない。しかし浸水は深くても車のフロントガラス程度で、二階のある家にいる限り、人が危険な状態に陥っていることはないはずだ。水がかなり引いたのをテレビ画面で確認して、僕たちは清水に向けて軽自動車を出発させた。

バイパスには木の枝やら看板の切れ端やらさまざまなものが散乱して、のろのろ運転とならざるを得なかった。

ようやく降りた鳥坂インターの下で、僕は目を瞠った。路面も駐車場もことごとく茶色い。巴川の欄干や防護柵に枯草がごっそりとまとわりついている。曲がり角の多い住宅街の道を、泥に滑らないようゆっくり走らせて、哲さんの家の前に到着した。

運転席のドアを開けて思わず「うわっ」と声が出た。粘土をゆるく練ったような泥が七〜八センチほども堆積している。これでは歩くだけでも大変だ。一緒に行きたがる母さんを押しとどめる。

「哲さんを車に連れてくる。だからここで待っていて」

一歩一歩泥に足を押し込んで玄関にたどりつく。玄関には鍵がかかっていた。チャイムを押してみるが、停電でフラッシュがつかないのか、出てくる気配がない。ずぶずぶと泥に埋もれながら縁側の方にまわってみる。雨戸を滑らせたら、開いた。磨りガラスの嵌まった戸も開けて泥に汚れた縁側に上がる。家の奥は薄暗くて見通しが悪かった。

「哲さ〜ん」

大声を出したが、僕の耳に返事は届かない。目が慣れてくると、うす暗い部屋に物が散乱しているのが見えた。一階を素通りして細くて暗い階段を上っていく。そして、みつけた。かつて淳也父さんが使っていた部屋にぼんやり座りこんでいる哲さんを。

僕を見上げ「来なくてよかったのに」と、苦々しげに言う。浸水した家で一晩を過ごした疲れがもろに顔を覆っていた。

「スマホを水に落としちまった」

そう言う哲さんの首に、骨伝導集音器がしっかり掛けられている。「落花生はもう駄目だ」と無念そうだ。

「来年は三人で、哲さんと僕と母さんの三人で、一緒に作ろう」

そう言ったのに返事はなかった。座ったまま立ち上がろうともしない。僕は哲さんに右手を差し出し、笑顔で語りかけた。

「行こう」

握った哲さんの手を力任せに引っ張り上げる。意外なほど、哲さんの身体は軽かった。

哲さんに先立って、ゆっくり階段を下りる。一階に降り立つと、一部分だけ戸の開けられた縁側の光の中に、靴とズボンを盛大に汚した母さんが立っていた。

「来なくてよかったのに」

哲さんの顔がくしゃりとゆがんだ。


「しばらくは沼津の家に住んでください」

そう母さんが頼んでいるのに、分からず屋が拒絶している。この家の片付けをしなきゃならないから、と。僕は台所の蛇口をひねってみせた。水は少し流れて、止まった。

「興津川の取水口が壊れて、清水区は断水だよ。電気もつかないし」

それでも哲さんは頷かない。僕は可笑しくて笑ってしまう。母さんが睨んでいるけど仕方ないじゃないか。しばらくの間、僕が沼津と清水を往復する運転手となって、母さんとこの家の片付けに通ってくるか。

二人にあまり動かないでと伝えて、雨戸や窓を開けて歩く。陽に照らされた室内は、家具や物があちこちでひっくり返って重なり合い、床が外と変わらないほど泥まみれになっていた。

表に出てみた。三人で外壁を確認する。水位の跡がくっきりと壁を黒ずませている。

「ホースを持ってこなきゃな」と言うと「簡単にやるから要らない」と答える。ホース無しでどうするんだ？　という気持ちで母さんにアイコンタクトを送る。頷いた母さんが、

「明日、沼津から持ってきましょう」

「わざわざ持ってこなくていい。自分で簡単にやる」

即座にすげない返事を返してくる。突然、

「いい加減にしなさい！」

母さんが怒鳴った。哲さんの目が大きく見開かれる。

「簡単にって、簡単に出来ることなの？」

あ、と口ごもる哲さん。

「……自分一人の家なんで、住めればいいです」

「そんなのでいいの？　あなた静岡の家具職人でしょう。立派に直してみせなさいよ！」

怒る母さんは、怖い、怖い。叱られているわけではない僕は、泥の中の重い足を少しずつ後ずさりせた。

「一人っていっても、この家には淳さんやお義父さんお義母さんの思い出が詰まっているでしょう。大事にしなきゃ罰があたるわ」

哲さんの首がどんどんうな垂れていく。

それに、と母さんが今度は僕を指差した。げっ、僕？

「優翔がそのうち、沼津で結婚したら、私はここに住まわせてもらおうって、ずっと考えていて、だから……」

あ……。

「だから」の後、母さんのお叱りが中断した。まるで補聴器を外しているような、無音の時間が流れる。怒っているのか、泣いているのか判別のつかない顔をした母さんを哲さんの前に置き去りにして、僕は家の中に入った。

「しっかし、ハチャメチャな部屋だな」

ひっくり返った応接椅子を起こしながら嘆息した。一脚一脚が水を吸って異様に重い。まもなく臨時の粗大ごみ置き場が設置されるだろう。使えなくなった家具を家から運び出すのが先決だ。床の泥掃除はそれからになる。

開け放した応接間の窓から風が吹き込んでカーテンを揺らしている。カーテンの隙間を通して、これまで見たことのないほど優しい顔をした哲さんが、母さんに話しかけているのがちらりと見えた。

明日は掃除道具と水をめいっぱい車に詰め込んで、沼津から運んでこよう。座敷の欄間に彫り物がある歴史ある家を、家具職人の哲さんなら立派に修復してくれるに違いない。そのためにはまず、家の汚れを可能なかぎり取り除かなくては。

僕は今やれること、それを一つひとつ頭の中に数え上げていった。

佳作（小説）

権現の返り言

星山　健

三年といふ年の正月、走湯に詣でて、何事もえ申し尽くすまじうおぼえしかば、道に宿りて、雨つれづれなりし折、心の内に思ふことを、やがて手向けの幣を小さき冊子に作りて書き付けし。

（『相模集』走湯権現奉納百首）

「雲行きが怪しくなって参りました。先を急ぎませぬと」

乳母子《めのとご》の兵部《ひょうぶ》が腰に手を当て、これ見よがしにため息をついた。見馴れたはずの兵部ののっぺり顔が、琴子《ことこ》の目にいつになく冷淡に映った。琴子は催促を不快に感じながらも、兵部が差し出した手にすがり、路傍の大石から腰を上げた。

こんなに歩いたのは、夫大江公資《おおえのきんより》の相模守《かみ》就任に伴い、下向した時以来だった。足の裏には血豆が出来ていた。それをかばい歩くと、今度は足の付け根が痛んだ。

「意地を張らず、殿の牛車《ぎっしゃ》をお借りすればよかったものを」

兵部の言う通りだ。だが、あの時は引くに引けなかった。

治安四（一〇二四）年正月、琴子は兵部と荷運びの下人藤太《とうた》のみを伴い、相模国府の館から伊豆の走湯権現に向かっていた。当初は夫と参詣するはずだった。

出立間際の喧嘩のおこりは、琴子が多くの歌集を持参しようとし、公資に諫められたことにあった。

「気晴らしの旅じゃないか。たまには歌など忘れ、景色を眺めれば良い。いやむしろ、その方が詩情も湧くんじゃないかい」

あきれて、返すことばを失った。琴子にとって伊豆行きは、物見遊山が目当てではなかった。当地で百首歌を詠み、それを権現に奉納することを自らに課した、修練の旅だった。公資にはそれを早くから伝えていたはずなのにと、琴子は肩を落とした。

「赤染衛門《あかぞめえもん》様は『古今集』や『後撰集』の類いをいつでも引き比べられるよう肌身離さず」

「またその名か」

公資が閉じた扇の先で猪首を叩きながら、小さな口をへの字に曲げた。その呟きが、琴子の心に湧き始めていた怒りを、一気に吹き上がらせた。

「でしたら、一緒に来て下さらなくて結構です。もはや『文選』も手に取られぬあなた様に、詩情など説かれたくありません。お国の経営で忙しいことでしょう。わたくしなど気に掛けず、そちらにご専念なさいませ」

公資が琴子の袖にすがり、円らな眼を動かしながら弁明を始めた。しかし、琴子はその手を振り払うと、兵部のみを従わせ、後先を考えず、国司の館を飛び出した。間もなく藤太が、荷を背負い追ってきた。公資に命じられたと言う。

「国府近くの神社で済ませておかれれば、お足を痛めるようなご苦労はされなかったのに。神様・仏様など、いずこも同じでございましょう」

兵部は、長谷寺や石山寺はおろか、都近くの清水寺にすら出かけたことがない。琴子は兵部の嫌みを聞き流しながら、拾った棒切れを杖に旅路を急いだ。その日に泊まる、権現の麓の宿までは、まだかかりそうだ。

見上げると、墨を流したような雲が頭上を覆いつつあった。磯の香りを孕んだ風が、湿り気をも運んでくる。被衣《かずき》が重く、うっとうしい。

痛む足を引きずりながら、琴子は考えた。なぜあの喧嘩の際、自分は夫を突き放してしまったのかと。

そのところ、琴子は焦っていた。相模国に下向して以後、得心のいく歌を作れていない。

琴子は十四年前、為政者藤原道長の娘妍子《けんし》のもとに女房として出仕した。十九歳、乙侍従《おとじじゅう》と名乗った。父の名も分からぬ、出自に劣る自分が名を残すには、和歌の道しかないと覚悟を決め、精進した。

出仕の三年後に、公資と結婚した。文章生《もんじょうしょう》・文章得業生《もんじょうとくごうしょう》を経て少外記《しょうげき》へと進んだ文人官僚だった。公資は広めの額に、目や口は小さく鼻は平たいという、一度見たら忘れられない顔立ちをしていた。同僚女房の評判は散々だったが、琴子には憎めなく思えた。誠実で大らかな人柄はもとより、本人の学才、養父が文章博士《もんじょうはかせ》・式部大輔《しきぶのたいふ》という大江の血筋にも惹かれた。

公資は、和歌が得意ではなかったが、筆まめだった。顔に似合わぬ典雅な書きぶりの恋文を、欠かさず琴子に贈り続け、二人は結ばれた。

琴子はその後も家刀自《いえとじ》として邸に籠もることなく、出仕を続けた。妍子の姉、一条帝の中宮、後の皇太后彰子《しょうし》のもとには、紫式部、和泉式部、そして赤染衛門といった、当代を代表する才女が集っていた。彼女らと交わりを深める中で、琴子は歌人として頭角を現しつつあった。

それが、公資の相模守就任に伴い、下向を余儀なくされた。こちらに着いてからは、独詠歌に励むばかり。他人《ひと》と詠み交わそうとしても、相手は兵部しかいない。夫も当初は付き合ってくれたが、多忙ゆえか、詠みかけても返事がなくなった。

とぼとぼと進む街道の右手に、田畑が広がる。畦地にそびえる樫の大木の下に、帰り支度にかかる夫婦がいた。年の頃は琴子と変わらぬだろうか。雨粒が落ち始めたというのに、台車に荷を積む手を止めては、談笑している。

琴子は歩みを緩め、それを遠目に眺めながら、結婚した当初の、仲睦まじかった自分たちを思い出した。

少外記の公資は大納言藤原実資《ふじわらのさねすけ》のもとに出入りし、実直な働きぶりを認められていた。ところが、結婚後、足繁く琴子の邸に通うようになると、時として懈怠が生じた。ある日、公資は公務に遅れた。曲がった烏帽子を片手で押さえながら議場に駆け込むと、日頃冗談など口にせぬ大納言が、並み居る公卿らの面前で公資を揶揄《からか》った。

「乙侍従との後朝《きぬぎぬ》の文《ふみ》に追われ、仕事どころでないか。大外記昇進は遠いな」

思わぬことばに、公卿たちが失笑した。特に、女房・歌人としての琴子をよく知る権大納言藤原行成《ふじわらのゆきなり》などは、腹を抱えて笑い出す始末。公資は俯き、何も答えられぬまま、その場を逃げ去った。

翌日、公資は大納言の小野宮邸に呼び出された。譴責を覚悟した。すると、恵比寿顔の大納言から、前日は戯れが過ぎたと謝られた。その上で、大江匡衡《おおえのまさひら》と赤染衛門のような夫婦を目指せと、励まされたという。

それを公資から伝え聞いた琴子は胸を熱くした。

赤染衛門は若くして源倫子《みなもとのりんし》のもとに召し出された。倫子が藤原道長の正妻となった後は、二人の娘、彰子にも仕えた。衛門は歌人として、道長家の筆頭女房と言って過言ではなかった。のみならず彼女は、儒者大江匡衡の妻としても名を残した。匡衡が東宮学士・文章博士を経て名儒と讃えられるまでに至ったのは、本人の血筋と努力のみならず、衛門の支えがあってのことだった。仲睦まじい夫婦仲により、彼女は「匡衡衛門」とも称された。

琴子は大納言実資のことばを聞き、自分の進むべき道を指し示された思いがした。歌人として精進するとともに、夫の学者としての成功を助ける。いつか自らに「公資」の名を冠した女房名が付けられることまで、琴子は夢想した。

ところが、公資は相模に着くと人が変わったようになった。徴税に勤しむばかりで、漢籍を繙くことがなくなった。着任当初は不慣れな役職ゆえやむを得ぬかと、琴子は静観していたが、曹司の二階厨子に積まれた書物は埃を被るばかり。金《かね》にしか興味を覚えぬ受領《ずりょう》に成り下がったとして、琴子は公資を軽蔑した。自分の詠歌活動への思いやりのなさも、その変化ゆえと、琴子は唇を噛んだ。

「琴子様、どうされました。日が暮れてしまいますよ」

ぼんやりと農夫らをみつめる琴子を、兵部が薄い頬を膨らませ、睨んでいた。その後ろでは、藤太が不安げに二人を見比べている。

「分かっております。下々《しもじも》の営みを眺めていただけ。それを知ることも、国を預かる者の妻の務めでしょうに」

そう八つ当たりすると、琴子は再び足を早めた。

道に砂利が多くなった。歩みを進めるごとに、草鞋の下から刺されるような痛みが走る。琴子は奥歯を食いしばった。

夫公資への不満は、学問から遠ざかったことに留まらなかった。国司の館に帰らぬ夜が増えた。地方視察に赴いたり、繁忙で国庁に泊まり込んだりしていると公資は言い訳した。だが、兵部に拠れば、別に女が出来たらしい。とある郡司の妾に横恋慕しているという。

当初、琴子は兵部の告げ口に耳を傾けなかった。田舎娘に夫が惹かれるなど、想像しがたかった。だが、その女は元宮仕え女房で、郡司が上京した際に口説き落としたやら、上達部《かんだちめ》の落とし胤で和歌や管弦に長けているやら、事細かに聞かされると、心穏やかでいられなくなった。その女房名は、都の歌壇で耳にした覚えがあった。

一月ほど前、公資が断りも無く邸を空け、五日後に戻ったことがあった。目の下に隈を作り、頬に青髭を浮かべた公資に、琴子は疑念をぶつけ、なじった。

肩を落とした公資は、赤らんだ目だけを琴子に向け、吐き捨てた。

「邪推にも程があるな。俺を信じられぬのは、自分が都で後ろめたい関係があったからじゃないのか」

公資が何をほのめかしたのか、すぐに分かった。


「痛いッ」

琴子は街道端《ばた》にしゃがみ込んだ。激痛が走る。浮き石を踏み、足をくじいたようだ。前を歩いていた兵部が急ぎ戻る。しゃがみ込み、琴子の足に手を当てる。

「藤太！　荷から布を出して、濡らして来てッ」

兵部の命《めい》を受け、藤太は目を白黒させながら、背の籠を下ろした。奥から一枚の切れをつかみ出すと、近くの小川を目指して駆けた。琴子は兵部の手を強く握った。

「冷やしたら、布を巻いて足首を固く縛りましょう。今できるのは、それくらいでございます」

兵部が、小雨を漏らす空を不安げに見上げた。

間に合わせの手当がなされると、琴子は立ち上がった。大きな荷を受け持つ藤太に負ぶってもらうわけにはいかない。荷を兵部に背負わせるのも無理がある。琴子は兵部の肩を借りながら歩き出した。

街道の先に集落が見えてきた。夕餉の煮炊きの匂いが漂ってくる。そういえば、腹も減ってきた。しかし、小家ばかりで、一夜の宿を借りられそうな邸は見当たらない。やはり、目指す先まで歩くしかないのか。

しばらくすると、後から騒々しい車輪の音が迫ってきた。夕闇から現れたのは、先の農夫が引く台車だった。

「おいら、掛け合ってきますッ」

突然、藤太が踵を返し、そちらに走り出した。

農夫と話し込んでいる。しばらくすると、藤太が一人うなづきながら、笑みをたたえて帰ってきた。

「本日お泊まりになる御邸まで乗せてもらえます。おいらも車を引きますからッ」

弾むように語る藤太を、「あれに乗れって言うのかいッ。うちの姫君は鍬や鋤じゃないんだよッ」と兵部が一喝した。藤太が驚いた面持ちで、首をすくめた。

「今はそんなことを気にしていられないわ。乗せていただきます。藤太、ありがとう」

それでも不満を口にする兵部を尻目に、琴子が藤太と並んで道を戻り出すと、すぐに台車が脇に寄せられた。琴子はその枠を手すり代わりにしながら、後へと回った。

そこには、頬被りをした農夫の妻がいた。悪路で台車が転倒せぬよう、後で支えていたのだろう。被り物をつかみ取り、琴子に一礼した。すると、慌てた様子で、あかぎれた手を荷台に向け、差し出した。その先には、農具に囲まれて幼子が掛けていた。腰を浮かせた我が子を急ぎ下ろそうとする彼女を、琴子は制した。

「良いの、そのままで。一緒に乗せてもらうわ」

髪を無造作に藁で束ねた幼子は、不可思議な面持ちで、琴子を見上げた。艶やかな袿《うちき》や被衣を纏った女など、目にしたことがないのだろう。

琴子は腰から荷台に乗り込んだ。砂利と泥にまみれながら、這うようにして奥に進み、幼子と並び座った。手の汚れを打ち払うと、精一杯の笑みを作り、幼子に向けた。台車が静かに動き出す。

「いくつなの?」

琴子の問いかけに幼子は、左手で右手の親指を折り曲げて見せた。

「そう、四つなの。ちゃんとおへんじができて、えらいわね」

幼子は、はにかみながら頷いた。雨には慣れているのか、厭う素振りを見せなかった。

台車が激しく揺れた。琴子は口を閉じた。

そう言えば、公資と権現を訪れるのは本来、子宝祈願のためでもあった。公資と結ばれて十一年。一人でも子を授かっていたなら、夫婦関係も落ち着いていたのか。自分が他の男に心を動かすこともなかったのか。

一筋の涙が頬を流れた。琴子は目を閉じると天を仰ぎ、面《おもて》に雨を受けた。

*

「お方《かた》様はお歌が詠めたかね?」

入口から、けたたましい声がする。宿の主《あるじ》、赤麿《あかまろ》だ。琴子は筆を硯の横に置いた。

宿では下にも置かぬもてなしを受けた。それはありがたいのだが、赤麿のお節介が過ぎる。時を置かずに隣の母屋からご機嫌伺いに訪ねて来る。

伊豆に着いて四日目、まだ百首歌は詠み終えていない。

四季の歌は、たやすかった。春なら鶯・桜、秋なら萩・雁と、先人から詠み継がれてきた歌材がある。その系譜に従えば良い。問題はその後である。

和泉式部は、百首歌をまとめるに際し、春夏秋冬の部を各二十首、残り二十首を恋の部に充てた。だが、琴子は自らの百首を、それとは異なる形に整えたかった。四季の歌は全体の半分に収めたい。残り半分では、恋にとどまらぬ諸々の思いを歌い上げたい。だが、「諸々」とは何なのか。それらを何と題するのか。

　ならば、まず個々の歌を詠んでみようか。古今《ここん》の名歌を思い浮かべながら、それに自らの思いを寄せていった。すると今度は、寄せきれない。出来上がった歌はどこか作り物めいて、我が心の思いから遠かった。

　やはり、題が先か。その日も朝からそんな堂々巡りを繰り返していた。

　琴子は塗籠《ぬりごめ》のように閉ざされた部屋の戸を開けた。眩しい。凝り固まった腰に手の甲を当て、伸ばす。目の前には兵部がおり、赤麿の応対をしていた。

「もうお足はよくなられたかね？　枇杷の葉が効いたじゃろうに」

　小柄な赤麿が、どうだと言わんばかりに胸を張る。

「おかげさまで」

　こちらに着くと、まず冷水に足をつけるよう勧められた。次に、すりつぶした薬草を患部に塗り、その上を布地できつく巻いた。横になる際は、足を胸より高く上げた。

　それを繰り返すうちに、腫れが治まった。

「それなら、まず権現様をお参りなさるといい。きっとお歌の詠み方も教えて下さりますわ」

　気は乗らない。参詣は百首が揃ってからと決めていた。だが、隣では兵部が、我が意を得たりと、目を輝かせた。

「それがよろしゅうございます。降り続いた雨も止みました。そんな薄暗いところに籠もってばかりではお体に障ります。それにわたくしも藤太も暇を持て余して」

兵部が捲し立てると、「じゃあ、宮司様にお話しておきますから」と言い残し、呼び止める間もなく、赤麿が出ていった。

参詣する旨を宮司に伝えられてしまったら、兵部たちのみを向かわせるわけにはいかない。

琴子は観念し、身支度を急ぎ調えることとした。

*

草鞋の紐を結び、立ち上がる。恐る恐る足首を曲げ伸ばしする。痛みは無い。扉を開けると、中天から柔らかな陽射しが降り注ぐ。琴子は手のひらで庇《ひさし》を作った。

宿は海からほど近かった。数日間激しい雨に降り籠められ、打ち消されていた波の音が耳に届く。

赤麿の案内で、権現へと続く石段を昇る。杖を借りてよかった。思ったより段差が大きい。昇っては休んでを繰り返した。振り向くと、眼下に海が広がる。空との境に連なる小舟は、舞い落ちた木の葉のように漂っている。

琴子は相模国に下向する旅で、初めて海なるものを目《ま》の辺りにした。その雄大さに圧倒されながらも、それを眺め、潮騒を耳にすると、なぜか母に抱かれるような安らぎを感じた。

三年前、ちょうど琴子らが相模に出立しようとする時期に、母は再婚相手源頼光《みなもとのよりみつ》に先立たれた。武をもって一家を成し、摂関家に扈従《こじゅう》する義父に、琴子は最後まで馴染むことがなかった。

琴子の母には公資が相模への同行を勧めたが、母は連れ合いの供養を理由に断った。無理にでも連れてくればよかったかと、琴子は悔やんでいた。母のふっくらとした手の温もりが恋しい。

琴子はふと我に返り、また石段を昇り始めた。赤麿は琴子らの亀の歩みに、笑みを絶やさず付き合ってくれた。

また立ち止まり、今度は空を見上げた。淡くたなびく雲が陽を浴び、五色《ごしき》に輝く。その手前を、ヒヨドリが甲高い鳴き声を上げては、波打つように飛び回る。

やっとの思いで境内にたどり着くと、白い狩衣《かりぎぬ》姿の初老の男が待ち構えていた。

「よく、いらっしゃいました。ぬかるみがあるゆえ、足下にお気を付け下さい」

真っ黒に日焼けした面長の男が、一語一語噛みしめるように語りかける。宮司に違いない。琴子は黙礼した。

「相模守様は、急なご用でいらっしゃらぬとのこと。残念ではございますが、北の方様の、我が社《やしろ》へのご参詣、光栄に存じます」

宮司は重々しく口上を述べると、琴子より深くお辞儀をした。

「北の方」と呼ばれるに相応しいのか、琴子は我が身を顧みた。公資は早くに妻を持ち、そこには子もいた。もはや関係は途絶えていると言うが、定かでは無い。

案内を受け、境内を廻る。宮司はこちらの生まれだが、長く都近くで修業を積んだと言う。比叡山に身を寄せ、勧学会《かんがくえ》の面々と詩文を詠み合ったこともあるらしい。勧学会とは、大学寮の学生《がくしょう》と天台僧が会した結社である。

人の背丈を優に超す木像の前にたどり着いた。

「こちらが、権現様を象った像にございます」

像は幞頭《ぼくとう》をかぶり、袍《ほう》を纏い、杖を手にしていた。太い眉を寄せた尊顔に見つめられると、「困った者よ」と、自身が持て余されているように思えた。そんな琴子の心を見透かしたかのように、

「お歌の方は、いかがですか」と宮司が隣で問いかけた。

琴子は動揺を隠せぬまま、宮司を見返した。こちらに到着してから百首歌を詠み、奉納したい旨は、相模国を出立する前に伝えてあった。

「出来ておりません。そもそも、わたくし如きの歌を権現様にお捧げしてよろしいのでしょうか」

「もちろんでございます。都でも、祇園社への舞楽奉納など、御覧になったことがありましょう。神は芸事を喜んでお受けになられます。それにしても」

宮司はそこで一呼吸置いた。

「何を悩んでおいでなのですか」

琴子は一瞬怯んだ後、宮司に胸の内を晒《さら》す覚悟を決めた。

「歌とはどのように詠んだらよいのかと。憚りながら、都では歌詠みの女房として、名を築いて参りました。ところが相模に下って以来、それが分からなくなって」

宮司は目を立像に向けたまま、首を左右に振った。ほほ笑んでいるようにも見える。

「そのような大それた問いにお答えする力など、私にはございません。ですが……」

その後の沈黙に耐えきれず、「ですが……、何なのでしょうか」と琴子が詰め寄った。

「権現様にお捧げになるのなら、自らのお心と向き合い、正直になることです。ご承知のとおり、権現様は仏菩薩が衆生《しゆじよう》を救うため、神にお姿を変えて現れたお方。よって偽りは妄語《もうご》、すなわち罪となります」

「和歌や漢詩は、そもそも……」

問い返す声に力が入った。

「狂言綺語《きようげんきご》だとおっしゃりたいのですね。ことばを美しく飾り立てること、それが詩文の道ではないかと」

宮司がさて困ったとばかりに、日に焼けた顔の眉間に皺を寄せる。その顔立ちは、目の前の権現像に似通っていた。

すると、宮司が手を打った。

「おもてに出ましょう」

琴子は歩み行く宮司の後を追って、本殿の外に出た。宮司は、海を見下ろせる、境内の端へと進んだ。そこでは早咲きの白梅が花を纏っていた。まだ三分咲きにも満たないだろうか。琴子は思わず、枝をつまみ、顔に近づけた。

「まあ綺麗、それに素敵な香り」

相模の国府からここに至る途中にも、ほころぶ梅の木はあったことだろう。だが、夫への憤りと詠作への不安で、目に入らなかった。

「手で触れ、目で見、鼻で嗅ぎ、心に浮かんだ思い。それはぼんやりとした、つかみどころのないものでしょう。それでも、その感動を他人《ひと》に伝えたい。そんな時、人は詩や歌を詠みます。形のない思いに、形を与えるのです。時には誇張し、時には何かに擬える。それに問題はございません。ですが、美しいと思わないものを美しいと歌ったならば、それは妄語ではないでしょうか。あるものを無い、無いものをあるとすることも同様。権現様には、あなた様の真《まこと》の心を歌に変えてお納め下さい」

琴子がそのことばを胸の内で反芻していると、宮司が梅に手を伸ばした。蕾を付けた小枝を折り取った。

「あっ」

思わず声を上げた琴子の前に、それが差し出された。琴子は畏まり、両手で受け取った。

「お歌の奉納をお待ちしております。私は日課の修行で山に入りますので、これにて」

宮司は一礼すると、立ち尽くす琴子を残し、奥へと去っていった。春陽を浴びた白い狩衣の背が、清新な輝きをたたえていた。

＊

琴子が石段を降りる、右手に梅の枝を握りしめて。

「ちゃんと足下を御覧下さい。また足をくじくどころか、転げ落ちますよ。ああ、見ていられない！　わたくしと手をおつなぎ下さいッ」

琴子は兵部に左手を差し出した。これで石段を踏み外すおそれはない。安心して百首歌の組み立てに思いを巡らせられる。

四季の部に続く歌群を「さいわい」と題した。今、琴子が希《こいねが》うものを括るには、このことばをおいて他に無い。卑俗な願いと他人《ひと》は笑うかもしれない。それでも望むのは、この世に生きる甲斐を見出すこと。

気づけば、長い石段を降り切っていた。琴子は兵部に目礼して手を離すと、潮風の中を弾むように、宿まで駆けた。

「赤麿殿、これを差す瓶をお貸し下さい」

先に帰っていた赤麿に小枝を掲げ示すと、琴子は部屋に駆け込んだ。表着を脱ぎすべらかし、文机の前に座る。墨を擦りながら、呼吸を整えた。

瓶が届けられた。琴子はそれに小枝を差し、机上に置くと、手を合わせた。一息吐いた後、心に浮かんだばかりの歌を薄様の紙に記した。

「さいわい」の部を書き終えたところで思い浮かんだのが、母の横顔だった。

　都なる親を恋しと思ふには　生きてのみこそ見まくほしけれ

つぶやくようにして、歌が生まれた。都で暮らす母を恋うるにつけ、今はただ生きて帰りたい、もう一度その笑顔に会いたい。そこで、長寿を願う歌群を設けた。

次いで琴子の心に、自身が母を慕うように、自身も母として慕われたいという思いが湧いた。台車に乗り合わせた幼子の笑顔が思い出される。思うに任せぬ我が身であるが、子宝に恵まれたい。出来れば母に孫を見せ、長生きした甲斐があったと喜んでもらいたい。

そこで、「子を願う」と題し、数首を詠んだ。

　何事も心にあらぬ身なれども　子の宝こそまづは欲しけれ

　たらちめの親の生きたる時にこそ　子の子甲斐あるものと知らせめ

詠歌は順調に進んだ。潤色は避けた。自らの思いを偽ること無く、三十一文字《みそひともじ》に形作ることに専念した。

すると、不思議なことに、夫公資に対し異なる心持ちが生まれてきた。

受領にとって徴税は責務。さいわい、酷吏との悪評は聞かない。ならば、慣れぬ地で新たな職務に挑む精励ぶりを讃えるべきではないのか。

　氏《うぢ》を継ぎ門《かど》を広めて今年より　富みの入《い》り来る宿と言はせよ

男子《おのこご》を産み、大江の氏を継がせ、家門を広げたい。子にも富にも恵まれた家となりますように。そんな願いの歌を、「さいわい」の部に戻って、その最後に付け加えた。

百首を揃えるまで、あとわずか。そこで琴子は、はやる心に手綱を締め、これまで詠んだ分を読み返した。悪くは無い。だが、何か足りない。

「権現様には、あなた様の真の心を歌に変えてお納め下さい」

宮司のことばを噛みしめる。

まだ歌の形を与えていない「真の心」があった。藤原定頼《ふじわらのさだより》への想いである。

定頼は、公任《きんとう》の嫡男。正二位にして権大納言の公任は、故実・漢詩・管弦・和歌と、あらゆる風流韻事に長《た》けた、一条朝を代表する文人だった。

しかし、琴子は公任よりも定頼の詠歌を愛した。

　水も無く見え渡るかな大堰川《おほゐがは》　岸の紅葉《もみぢ》は雨と降れども

大堰川行幸《ぎょうこう》の折の作である。歌題は「紅葉浮水《こうようふすい》」。

同行していた父公任は上句《かみのく》を聞いて青ざめた。目の前を流れる大堰川は、満々と水をたたえている。それを、「水も無いように見える」とは何事かと訝《いぶか》しんだ。

ところが、下句《しものく》に入ると、「岸の木々から紅葉が雨の降るように散っている」と、その訳《わけ》が示された。上句が見立てだったと明らかにされ、一首としては見事に題の枠に収められた。

定頼は衆目を集めるため、あえて上句を歌題から遠ざけたのであり、名歌人公任までもが、その〝仕掛け〟に嵌《は》められたのだった。終わりまで詠み上げられると、公任は一転して顔をほころばせ、これぞ秀句と周囲に説いて回ったという。

そのような、遊び心に富んだ定頼の詠みぶりに、琴子は魅せられた。自ら定頼に和歌を贈ると、その後は季節の折毎に歌を詠み交わした。

定頼は、三十歳の若さで従三位《じゆさんみ》、参議《さんぎ》兼左大弁《さだいべん》。その上、鼻筋はとおり、目は切れ長。物語から抜け出たような男ぶりは、道長家に仕える女房たちの間でも憧れの的だった。

ある時、同僚の小式部内侍《こしきぶのないし》が定頼と恋仲にあるとの噂が立った。だが、琴子はそれを聞いても動じなかった。自分はあくまで歌人として定頼を敬畏しているに過ぎない。そう信じていた。

そのような中、公資が次の相模守に決まった。琴子は同行をためらった。任期の四年が過ぎるうちに、歌人として忘れられはしないかと、都を離れることを恐れた。

だが、やがて、その立ち去りがたさの底に、定頼への想いが澱《おり》のように沈んでいることに気づいた。琴子は戸惑った。そこに、定頼から歌が届いた。

別れては二年三年《ふたとせみとせ》逢はざらん　箱根の山のほどの遥けさ

琴子は悩んだ。定頼は真に、はるかな東国に向かおうとする自分との別れを惜しんでくれているのか。それともこれは、風雅の友に対する挨拶に過ぎないのか。

日頃腰掛ける茵《しとね》の下に文《ふみ》をしまい、何度も取り出しては読み返していたところを、公資に見つかった。問い詰められた。答えられなかった。翌日、琴子の相模同行が一方的に決められた。

まだ歌の形を与えていない「真の心」としての定頼への想い。琴子はそれに気づいても、歌とすることにためらいを覚えた。我が心を見つめ直す中で、夫への確かな愛情を感じた。公資の子を儲け、大江家の繁栄に尽くしたいと願い、「氏を継ぎ」の歌を詠んだ。今さら定頼への想いなどを持ち出さなくてもと、抗う気持ちが生じた。また、この百首歌が神に捧げる作であることも、その作歌を躊躇させた。

別の歌材を求めようかと思案し始めた矢先に、宮司のことばが蘇った。

「美しいと思わないものを美しいと歌ったならば、それは妄語ではないでしょうか。あるものを無い、無いものをあるとすることも同様」

定頼への憧れ、それは確かに琴子の胸の奥にあった。それから目を背けることも、「妄語」に繋がるのではないか。形の無い思いのすべてに形を与える。それこそが自らの百首歌。琴子は筆を握った。

手に取らむと思ふ心は無けれども　ほの見し月の影ぞ恋《こほ》しき

定頼を我がものにしたいと望んだことはない。誓ってそう言える。だが、月影を仰ぎ見るように、彼の歌才を讃仰した。それも一つの恋なのであろう。いや、紛れもなく恋だ。

琴子は歌群を「心の内を表す」と題し、以下の歌も加えた。

憐れびの広き誓ひを招くまで　言はぬこと無く知らせつるかな

一切衆生の救済を誓願した権現。琴子はその慈悲に縋《すが》ろうと、包み隠すこと無く「真の心」を詠み上げたと、改めて記したのである。

百首の歌が揃った。琴子は目頭を揉んだ。目を開き、机上の瓶に向けると、蕾が一つ、花開かんとしていた。

どれだけ時が過ぎたのだろう。琴子は這うようにして部屋から出た。

高灯台のもと、兵部が柱に寄り掛かり、うたた寝をしていた。琴子が筆を置くまではと、控えていたのだろう。静かに肩を叩き、起こした。

兵部は驚いたように頭《かしら》を小刻みに震わせると、目をこすった。

「詠み遂《おお》せられたのでございますか」

小さくうなづき、礼を述べた。

「朝には奉納しようと思うの。晴れてくれるといいけど」

兵部が立ち上がり、蔀戸《しとみど》を持ち上げた。琴子も外をのぞき見る。

月の高さからして子の刻（午前零時）あたりだろうか。満天の星が瞬いている。風も重くはない。雨の恐れはなさそうだ。

琴子が部屋に戻ると、兵部がついてきた。琴子は気にせず、行李を開けた。奉納のために持参した経筒を取り出す。

「琴子様」

いつになく遠慮がちな声で、兵部が語りかけてきた。

「お歌ですが、今のままそれに納めてしまうのですか」

何を言いたいのか分からなかった。

「御幣《ごへい》に清書いたしませんか」

「御幣に……」

琴子が見返すと、兵部が口ごもりながら続けた。

「赤染衛門様が、あのう……、住吉明神にご奉納した吉例がございます。琴子様にとって、おそらくこれが最初で最後の走湯権現詣で。願掛けには、その方がよろしいかと」

「それって、数年前の、あのお話ね」

大江匡衡と赤染衛門の子、挙周《たかちか》が和泉守に着任し、衛門も同行した。当地にたどり着くや否や、挙周が病床に伏した。高熱が続き、衰弱するばかり。嘆き悲しんだ衛門は平癒の祈願に、隣国摂津の住吉明神を参拝しようとした。だが、女の足では時がかかりすぎる。衛門はやむなく代理の使者を発遣するに際し、詠歌を幣《ぬさ》に書き付け、持参・奉納させた。

代はらむと思ふ命は惜しからで　さても別れんほどぞ悲しき
子に代われるものなら、この命など惜しくない。だが、それでこの子と永遠《とわ》の別れとなってしまうなら、それはそれで悲しいことだ。そう詠んだ母の祈りが神に届いたのであろうか。ほどなく挙周の病は癒えたという。

その後、宮中は、この歌徳の噂で持ちきりとなった。貴顕の文人たちが、こぞって赤染衛門の歌才を褒め称えた。


詠歌を幣に記して奉納する。その先例が憧れの赤染衛門であるならば、倣《なら》わぬいわれは無い。琴子は胸を高鳴らせた。

だが、まもなくして琴子は肩を落とした。

「御幣がどこにあるのよ」

情けない声を上げ、しょげ返る琴子に、「ございます」と兵部が胸を叩いた。

「赤麿殿にお願いしました。朝には宮司様から届けていただけます」

「まあッ」

琴子は目を見開いた後、兵部の手を取って感謝した。

その後、琴子は翌日の流れなどについて、兵部と話し合った。

「お疲れのことでしょう。片付けはわたくしに任せて、お休みになって下さい」

言われてみれば、一仕事を終え、ほっとして気が抜けたのか、一気に眠気が襲ってきた。兵部に甘え、琴子は横になった。夢も見ぬ、深い眠りに落ちた。

翌朝は宿の女房の案内で目を覚ました。普段は朝餉の用意を手伝う兵部が今日に限って起きて来ないので、じかに琴子に声掛けしたと言う。すでに陽は高いようだ。

兵部はさすがに疲れているのだろう。そのまま寝かせておくことにした。

幣は届けられていた。琴子は朝餉を済ますと、再び文机に向かった。薄様の紙の束は机上に揃え、重ねられていた。兵部がまとめてくれたのだろう。

幣に歌を書き写した。

改めて自らの「真の心」に耳を傾けながら、時には各部内の歌順を入れ替えた。

相模の国府を出立した際の、夫公資に対する怒りは消え失せていた。下向以来、詠歌が進まぬ苛立ちを公資にぶつけてしまったようだ。一方、定頼に対する恋情は、歌という形を与えたことにより、過ぎ去った憧れとして薄れていった。

幣を冊子状に仕立てると、今度こそ経筒に納めた。琴子の再びの参詣を、宮司は安らかな面持ちで迎えてくれた。

「鏡と刀子《とうす》もお持ちになりましたか」

前もって指示を受けていた。宮司は納経と同じ恭《うやうや》しさをもって、百首歌を社前に埋納してくれた。経筒は瓶に納められ、鏡や刀子とともに埋められた。その上には土が盛られ、さらに石が敷き詰められた。

宮司の祈祷の声が、境内に伸びやかに響く。琴子は、自らの祈りの歌々が権現のもとに届くよう、掌を合わせ目を閉じた。

＊

「本当によろしいのですね」

宮司が燃えさかる炎を前に念押しした。兵部が「もったいない」といった顔つきでこちらをのぞく。

「お願いいたします」

百首歌の草稿が焼《く》べられた。薄様はあっという間に灰となり、春の風に踊った。

草稿を社《やしろ》で焚き上げてもらうことは、幣への清書を決めた際に思いついた。兵部からは持ち帰るよう勧められたが、その気は起こらなかった。百首は権現に受け止めてもらうだけで十分だった。

琴子は宮司に厚くお礼を述べ、社を後にした。

「さあ、精進もこれで終わり。宿に戻ったら、新鮮なお魚をいただきますよ」

兵部が両手を突き上げ、伸びをした。それも良いだろうと、琴子は頷いた。石段を一歩一歩確かめ降りる際に、藤太が朝からいないことに遅ればせながら気づいた。

「馬をお借りして相模に向かわせました。殿に牛車を寄越していただきます」

琴子の身を案じたのか、公資が連日文《ふみ》を送ってきていることは知っていた。すべては兵部に任せることとした。

眼下を見おろすと、海のおもてが魚の鱗のように煌《きら》めいた。風が優しく琴子の頬を撫でた。

＊

四月一五日、琴子は苛立ちと不安を隠せなかった。夫公資との和解はいまだなされていない。琴子が一月末に伊豆から帰還すると、公資は邸をあけることが多くなった。例の女のもとに頻繁に出入りしているという噂が耳に入った。すると、不思議なことに、それまで二人の仲を注進していた兵部が一転して、案ずることはないと琴子を宥《なだ》めるようになった。

公資は次いで、今や右大臣となった藤原実資から急な召還を受け上京した。琴子にはどのような用向きかも知らされぬまま、一月《ひとつき》以上が過ぎた。その公資が今晩帰ってくる。

百首を奉納した際、琴子は夫への愛情を取り戻し、いたわりをもって接しようと心に誓った。だが、月日が過ぎるに従い、夫への疑念が鎌首をもたげ始めた。自分は夫に見限られ、避けられているのではないか。その疑いを抱えたまま、今夜帰邸する夫をどのような顔で迎え入れたらよいのか。

邸内は主の帰還を前に活気づいている。兵部が指揮し、母屋の掃除、夕餉の支度などに女房たちを当たらせている。琴子はそれを横目に見ながら、簀子に出、顔を上げた。初夏の空は、遠くに綿雲が流れるだけで、見事に晴れ上がっていた。琴子はそんな景色を忌々しく見つめた。

棟門の向こうに砂埃《すなぼこり》が立った。馬が嘶く。邸の家人が駆け寄る。すると門外から、「怪しい者では無い。お方様に届け物じゃ」と、懐かしくも、けたたましい声が響いた。赤麿だった。

琴子は家人を制し、赤麿を招き入れた。炎天下を急ぎ来たのだろう。水干は肌に張り付き、顔からは汗が玉のように吹き出ている。

琴子は女房に命じ、急ぎ、飲み水を取り寄せた。赤麿は器を受け取ると、あおるように飲み干し、口元を袖で拭った。

「何をお持ち下さったのですか」

琴子が問いかけると、赤麿は背に縛り付けた荷を解き下ろした。

「不思議なことがあるもんじゃ」

赤麿が呟きながら、一軸の巻物を取り出す。それを捧げるようにして、琴子に差し出した。

「返り言じゃそうな、権現様の」

受け取った琴子は首を傾げ、「返り言?」と尋ね返した。

聞けば、赤麿は宮司にこれを託され、急ぎ相模の国府に届けるよう命じられたという。

「今朝お勤めに社殿に上がられたところ、権現様のお像の前にこれがあったと。広げて、中を確かめられたところ、権現様からお方様へのご返歌に間違いないそうじゃ」

呆気に取られた琴子だったが、しばらく思案した後、「あぁ」と声を上げ、小刻みに頷いた。

「揶揄うのはお止め下さい。宮司様がわたしが奉納した百首に返歌をお詠み下さったのですね。でも、埋納したものをどうやって……」

赤麿は汗だらけの眉間に皺を寄せ、首を横に振った。

「お疑いになるのも当然じゃ。一番驚かれたのは宮司様。儂とて信じられん。例のお歌を埋めたところを二人で確かめた。土が盛られ、石が敷き詰められたままじゃった。掘り返された跡は無い」

琴子は愕然とした。埋納の直後、草稿は社前で焚き上げた。他に備忘として残したものは無い。ならば、あの百首に返歌を詠めるのは、奉納を受けた権現の他ない。

琴子は和泉式部をめぐる逸話を思い出した。夫藤原保昌《やすまさ》と不仲の頃、貴船神社に参詣し、その嘆きを歌にしたところ、社の中から忍び声で慰めの歌が返されたという。

こちらも赤染衛門の住吉明神の一件同様、式部の歌徳として喧伝された。だが、それにしても、返されたのは一首の歌に過ぎない。神仏が百首もの返歌をまとめて詠むなど前代未聞である。

「権現様から直々にお返事を頂戴するとは、あなた様はとんでもないお方じゃ」

赤麿が顔の前で手を摺り合わせ、琴子を拝んだ。

琴子がその場で巻物を検めようとすると、赤麿が手で押し留めた。

「畏れ多い。儂などが見てはいかん。中でゆっくり御覧下され。とにかく、お届けいたしましたぞ」

赤麿は後ずさりすると、逃げるようにして去って行った。琴子は礼を述べることも忘れ、その場に立ち尽くした。

改めて手元の巻物に目を落とした。表紙は艶のある薄絹《うすぎぬ》に唐草文様が織り込まれている。鼻を近づける。軸の先に用いられているのは香木だ。

それよりも琴子を驚かせたのは、返歌が巻物の形で寄せられたことだ。和歌はふつう冊子に記す。それが驕奢な装丁の巻物に仕立てられていることに、厳かさが感じられた。

ともかく、その返歌を読んでみる他ない。琴子が曹司に戻ろうとすると、忙しく立ち働く兵部と出くわした。琴子は通り過ぎようとする兵部の腕をつかみ、あらましを語った。兵部は「まあッ」と口を開けながらも、さほど驚いた様子を見せない。

「よかったではございませんか。お怪我も厭わず、徒歩《かちあるき》で遠方のお社《やしろ》を参詣された御利益。曹司でごゆっくりお目通し下さい。わたくしは殿をお迎えする支度がございますので」

いつものようにのっぺり顔でそれだけ言うと、足早に去って行った。

琴子は一人、曹司の文机の前に腰を下ろした。居住まいを正し、巻物を捧げ持った後、広げた。奉納した百首は備忘の類いを残さなかったが、琴子の頭にしかと刻まれていた。それと照らし合わすに、たしかに返歌だ。

霞立ち出で来《こ》し時の徴《しるし》には千歳《ちとせ》の春に会ふと知らなむ

霞が立つ新春に旅立ち参詣に来た利益《りやく》としては、千回もの春に巡り会うほどの長寿が与えられると知ってもらいたい。たしかに権現を思わせる詠みぶりである。

返り言の百首も当然のこと、春から夏、秋、冬の部へと進む。

神無月時雨《しぐ》るる空を嘆くなよ　ふるに甲斐ある世とも知らせむ

神無月（一〇月）の時雨空《しぐれぞら》のように涙ばかりの暮らしだと嘆きなさるな。生きて甲斐ある世の中だと、これから私が知らせよう。励ましのことばに、琴子は独り頷いた。

巻物を左手で開き、右手の軸を左に転がしながら、先を先をと急ぎ読む。

「さいわい」の部に入った。

今年より門《かど》を開きて富を待て　八十氏人《やそうじびと》の後《あと》も継がせむ

今年からは門《もん》を開いて富が入ってくるのを待ちなさい。一族の多い「大江」の家名も、そなたに子を与えて継がせるように計らおう。琴子が「さいわい」の部の末に後から書き加えた一首への返歌である。思わず頬に一筋の涙が伝わる。それが巻物に零れかからぬよう、琴子は慌てて袖で拭った。

「子を願う」の歌群に対しては繰り返し、子宝を授ける旨が約束されていた。返り言は、最後に改めて、百首に及ぶ願い事を聞き入れる旨を歌い上げ、終わっていた。

琴子は巻物を机に置き、後ろ手をついた。恍惚の思いに包まれていた。自らの歌に権現が返歌を寄せてくれた。しかも、まとめて百首も。歌人としてのこれまでの辛苦が報われた。すぐにでも都に文を送り、主《あるじ》妍子やその父道長に告げ知らせるべきだろうか。

体の奥から太い息を吐いた後、琴子は再び巻物を手にし、冒頭から読み返した。

するると、先ほどは心が高ぶるあまり見逃していた点に気が付いた。春の部の終わりに、歌順に違和を覚えるところがあった。初めは自分の記憶違いを疑ったが、夏の部に至っては、さらに入れ違いが激しい。自身が奉納したものの歌順に沿っていない。

なぜそれが生じたのか。よくよく考えると、思い当たる節があった。

今度は筆跡を確かめる。当代の書の名人、藤原行成を彷彿とさせる流麗な筆運びだ。だが、琴子が女房としてよく知る行成の筆跡とは異なった。少なくとも、これまで自分が文を交わしたうちの誰だと、ただちに判断のつく書きぶりではない。

よく見ると、ところどころ、筆遣いに不自然さが感じられた。普段の書きぶりを隠し、筆を装っているのだろう。

真相が見えてきた琴子は、兵部のもとに向かった。その場を去ろうとする兵部の前に立ちはだかる。琴子は腰に手を当て、あえて意味ありげな態度を示した。

「ねえ、兵部。百首歌奉納の際、御幣に清書することを勧めてくれたわよね。あの時聞かせてくれた赤染衛門様の吉例って、どこの寺社の話だったかしら」

兵部の目が泳いだ。池の魚のように、口を開いては閉じてを繰り返す。

「清水寺……だったでしょうか。いえ、都の南だから長谷寺……」

その時だった。

「先駆けの男《おのこ》が到着しました。まもなく殿のお帰りでございます」

兵部が安堵の面持ちを浮かべた。

「こうしてはおられません。琴子様もお着替えを」

引き留めようとする琴子の手をすり抜けるようにして、台盤所の方へと消えていった。

すべては想像したとおりだった。琴子が抱いた疑念は、確信へと変わった。

曹司に戻ると、崩れ落ちるように腰を下ろした。目を潤ませながらも、乾いた笑いが浮かんだ。畏れ多くも権現が歌を返してくれる、そんな絵空事を一瞬でも信じた自分が、あまりに滑稽に思えた。

琴子は自身に問うた。返り言の主《ぬし》が権現だと宮司や赤麿が説いたから、自分はそれを鵜呑みにしたのかと。違う気がした。

もし権現であったなら、この逸話は和泉式部をも赤染衛門をも上回る歌徳話《ばなし》として、都で持て囃されるだろう。神を感応させた歌人として、我が名は後世に伝えられるに違いない。だから、自分はそう信じ込もうとしたのではないか。琴子は己の浅ましさにあきれ果てた。

兵部の言うとおり、着替えをせねばならない。おぼつかない足取りで塗籠に向かい、長櫃《ながびつ》の蓋を開けた。

装束の上に、薄様の束があった。伊豆に持参した残りだった。再び己への嫌忌の情が湧き上がる。

涙が零れ始め、蓋を閉めた。長櫃に縋り付きながら、声を押し殺し、一頻《しき》り泣いた。

＊

簀子に腰を下ろしてから、四半刻（三十分）ばかり経っただろうか。夫公資は、いまだに姿を見せない。だが、琴子は苛立ちを覚えなかった。東の空を昇りゆく満月と、それにかかっては流れゆく薄雲を眺めていた。ホトトギスの鳴き声が時折、その景に彩りを添えた。

「急ぎ、何用だ？　長旅で、疲れているのだがなぁ」

湯浴みを終えた公資が頭を掻きながら歩み来る。声音から察するに、そのことばほど嫌がってはいないようだ。

「お疲れ様でした。どうぞこちらにかけて、召し上がって下さい」

女房に酒を用意させてあった。

「ずいぶんと改まった身なりだが」

長櫃からとっておきの小袿を選び出し、着替えていた。有文《うもん》の錦織物だ。

公資が隣に腰を落ち着けた。琴子は盃を手渡し、瓶子《へいじ》を持ち上げた。

「そなたが酌までしてくれるのか。兵部でも呼べばよいものを」

「久しぶりにお目にかかり、ゆっくりお話をうかがいたいものですから」

盃に並々と酒を注いだところで、「あの返り言はあなた様ですね」と切り出した。公資の手が震え、酒が零れた。

「な、何だ、返り言とはッ。俺は何も知らんぞッ」

「嘘が下手でいらっしゃいますね」

琴子が口元を袖で覆い、苦笑すると、公資は黙り込んだ。気まずげに、盃に残った酒をあおった。

しばらくして公資が、「なぜ分かった」と呟いた。盃を持った手を床においた。琴子はその手を優しくつかみ上げ、酒を注ぎ直した。

「自分でも不思議なことに、奉納した百首を歌順まで覚えていたのです。返り言の歌順には、それに沿っていないところがありました。なぜそんなことが起こったのか。それを考えたら、あなた様に思い至りました」

「……俺にはさっぱり分からんぞ」

「わたくしは清書に際し、いくつか歌順を入れ替えました。返り言は、草稿をもとに詠まれたと思われます。ですが、御幣を埋納した後、草稿はただちに焚き上げました。他に備忘の類いも残っておりません。だとすれば、わたくしが草稿を書き上げてから清書するまでの間に書き写す他ない。それが出来たのは兵部だけ。そういえば、わたくしが清書に臨む朝、兵部は起きてきませんでした。書写に手間取り、床に就くのが遅くなったのでしょう」

公資が平たい鼻から静かに息を吐き、肩を落とした。

女房たちは遠ざけておいた。庭先で、篝火の割り木の爆ぜる音がした。

「それなら、まず兵部を疑うべきだろう」

「歌を詠むだけなら、あの者にも出来るかもしれません。ですが、返り言を記した巻物は高価な装丁。兵部には用意できません。あなた様もご無理なされたのではありませんか」

「なるほどな。権現様からの贈り物として、立派に仕立てすぎたわけか」

「それだけではございません。兵部がわたくしに御幣への清書を勧めたのも、あなた様の入れ知恵ですね」

「何事もお見通しか」

公資は寂しげに呟くと、盃を琴子に差し出した。

「そなたも飲まぬか」

公資が酒を勧めるなど、珍しいことだった。そもそも琴子は、酒に強くない。だが、今夜は断らぬことにした。

酒が口の中に甘い香りを残しながら、喉を通り抜け、体の奥へと染みこむのを感じた。琴子ははじめて酒を上手いと感じたが、半分ほど飲んで、盃を公資に返した。

「わたくしは百首を詠み終え次第、そのまま奉納するつもりでした。それでは、兵部が書き写す暇が無い。それで、わたくしに清書を勧めさせ、時を稼いだわけですね。考えてみれば、おかしな話です。兵部には信心が無い。赤染衛門様がご子息の快復をどちらの寺社に祈願されたかなど、知るはずがないのです。案の定、先ほどそれを尋ねたら、答えられませんでした。一月にはあなた様から文《ふみ》を通して命じられ、住吉明神の名を覚え込んだものの、この間に忘れてしまったのでしょう」

早くも酒が回ったのか、琴子は自身が饒舌になるのを感じた。

「歌順の入れ替えか。そこまでは頭が回らなかった。都からこちらに帰る途中、家人を一人、走湯権現に向かわせてな。その者から、首尾良く神前に巻物を置いてこられたと報告を受け、上手くいったと思ったのだがなあ」

盃を置いた公資が、琴子の方に向き直った。拳を突いて、頭を下げた。

「騙《だま》してすまぬ。その点は幾重にも詫びを申す。俺が詠んだことを明日には打ち明けるつもりだった。そもそも……」

「おやめ下さい。わたくしは怒っておりませぬ」

「えっ？」

公資が顔を上げ、ぽかんと口を開けて、琴子を見つめた。

「わたくしは最初、自らの歌才が神仏に認められたと、天にも昇る心地でございました。ですから、権現様の詠歌ではないと気づいた時は、落胆いたしました。そして、己のうぬぼれに気づきました。あなた様にはむしろ感謝申し上げるべきかもしれません」

「そんなに謙《へりくだ》らなくても。見事な詠みぶりだったが」

公資が意味なく空《くう》に手を舞わせながら、取りなそうとした。琴子は軽く笑みを返し、公資に問うた。

「それにあなた様も、わたくしを揶揄おうとしてなさったことではありませんよね」

「もちろんだ」

公資が間《かん》に髪《はつ》を容《い》れず、力強く返した。

「出立の朝の喧嘩は俺が悪かった。そなたが歌作で悩んでいることは分かっていた。だが、慣れぬ仕事に追われ、何もしてやれなかった。この国の徴税の仕組みは問題が多い。先代までの国吏は郡司たちから散々絞り上げたようで、彼らの信用を得るだけでも一苦労だ。だから、走湯詣では物見遊山の旅とした方が、俺にとってもそなたにとっても気晴らしにもなると、信じ込んでいた。そなたが兵部を連れてこの邸を飛び出した後で、改めて百首歌の奉納にかける意気込みに気づいた」

「それで、わたくしの百首歌に返り言をしようと思い立たれたのですか」

「返り言以前に、そなたの百首歌を読みたかった。知りたかったんだよ、遠路をいとわず神に捧げようと願う、心の声を。ともに暮らしていても、聞くに聞けぬことがあるからな」

そこで公資が間を置いた。一度目を伏せ、次いで面《おもて》を起こすと、心を決めた面持ちで琴子を見つめた。すると、言いよどむことなく、次の句を諳《そら》んじた。

「『手に取らむと思ふ心は無けれども』。定頼殿とは何もなかった、また、今後関わりを深めようとも思わぬのだな」

思いがけぬ問いに、琴子は怯《ひる》みながら、小声で「はい」と答えた。

「定頼殿からの文《ふみ》を茵の下に見つけて、俺は動揺した。このままでは俺たちの仲が終わってしまうと思い、そなたを無理矢理こちらに連れてきた。定頼殿に憧れる気持ちは分かる。俺とは何もかもが違う。二人の間に何もなかった、そして、今後も起こらないのなら、咎め立てをする必要はない」

琴子は奉納した百首を公資に読まれたことの重みと、それを正面から受け止めてくれた有り難みを感じた。

「そなたも、俺が他の女と関わっていると疑っているようだな。郡司の妾のことだろう」

奉納した百首歌には、夫の多情を訴えるものも含まれていた。ここで抗《あらが》っても仕方ない。琴子は黙って首を縦に振った。

「和歌を習っていたんだよ。夫の郡司も同席して、というより、あの者も指南役の一人。そなたを都から引き離した罪滅ぼしに、俺はそなたが歌を詠み交わすに値する相手になりたかった。この度、返り言をするにも、その者たちの力を借りた」

「百首歌を見せたのですかッ」

琴子は上気し、思わず腰を浮かせた。

「落ち着け。すべてではない。当たり障りの無い歌だけだ」

琴子はじっと公資の目を見た。真っ直ぐこちらを見返している。この場はその言を信じることにしようと、琴子は腰を茵の上に戻した。

「怒らずに聞いてくれよ。その者たちの手助けだけでは事足らず、上京した折に右大臣様にもご相談申し上げてな」

琴子は目が眩む思いがした。権現との密事であった詠歌が思わぬ形で漏洩していた。

だが、歌を詠み、書き留めた限り、それは避けられないのか。男女の睦言が後世に伝えられた例など枚挙に暇がない。それでも琴子は、うらめしげに公資を睨んだ。

「案ずるな、四季の歌などしか、お見せしておらぬ。だが、権現様に成り代わって返り言をしたいと申し上げたら、身を乗り出してこられてな。巻物の表装は右大臣様が整えて下さった。それであんな立派な体裁になったんだ」

琴子の中で一つの謎が解けた。夫公資が返り言を詠んだとして、巻物が美麗すぎると訝しんでいた。

「また、右大臣様は、藤原行成様筆《ひつ》の歌集をお貸し下さってな。筆跡から俺と見抜かれぬよう、これを真似るようにとのご指示をいただいた。それはともかく、最後にもう一つ」

「まだ何かあるのでございますか」

思わず呆れ声になる。

「そこに携えているのだろう。それをこちらに」

琴子の裾を指さした。例の巻物を隠し持っていたのを、公資は気づいていたようだ。琴子は静々と差し出した。

公資は座ったまま両手を前に着き、滑るようにして後に下がった。巻物を二人の間に広げた。月明かりでは文字を読むのが辛そうに見えた。紙燭でも取り寄せようかと、琴子が腰を浮かすと、「あった、あった」と公資が声を上げた。巻物を琴子に向け、ある歌を指さした。

「返り言をするには、郡司たちや実資様のお力を借りた。だが、すべては俺がそなたの思いに答えたものだ。その上で、この一首だけは違う。上京した際、詠んでいただいた」

　平らかにあらまく欲しきものならば　都の方を眺むばかりぞ

琴子が詠んだ「都なる親を恋しと思ふには　生きてのみこそ見まくほしけれ」への返歌だった。

「もしかして……」

公資が静かに頷いた。

「そなたの母君だ」

再び会える日まで互いに健やかにと思ってくれるなら、都の方角を向いて念じておくれ。それは、母の娘に対する、ささやかな願いの歌だった。

「こちらに下向する際、お誘い申し上げたが、無理強いしなくてよった。頼光殿の供養に努めていらっしゃるようだ。愛執とは異なる、故人への確かな愛情が感じられた。生前は仲睦まじくお過ごしになったのだろうな。羨ましい限りだ」

たしかに琴子も、母から夫源頼光に対する不満を聞かされたおぼえは無かった。なぜ自分は母の再婚相手を毛嫌いしたのかと、琴子は我が身に問うた。

道長への扈従など、例えば赤染衛門の夫大江匡衡にしても同様であろう。出自に劣る者が世を渡るには避けがたい。母を奪われた妬心が頼光を憎ませたのだろうか。綺麗事にこじつけ、その生き方を認めなかった、自らの狭小さを恥じた。

琴子は振り返って、頼光が美濃守、匡衡が尾張守として隣国に下向した折、親交があったことを思い出した。衛門が頼光の有する邸に泊まり、歌を書き残している。都に戻ったならば衛門に、そして母に、義父頼光の思い出を尋ねてみようと思った。

琴子は昇りつめた満月を仰ぎ見た。あちらが南、ならば都のある西は……。琴子は立ち上がった。目を閉じ、顔の前で手を合わせ、母との再会を祈った。

衣擦れの音がした。気が付くと、公資が横にいた。同じく西を向き、手を合わせていた。

琴子は公資に抱きついた。

「おいおい」

突然のことに公資はよろけながら、体の向きを変え、正面で琴子を受け止めた。

「あなた様、この香りは？」

「聡いな。実資様がそなたにと練り香を下さった。この狩衣はそれと同じ行李に入れて帰ってきたから、香りが移ったのだろう」

「何という薫物《たきもの》なのでしょう」

「梅花だよ。季節遅れとなってしまったが、来春まで大切に取っておくと良い」

その甘く淡い香りは琴子に、宮司が折り取った小枝を思い出させた。琴子はしばらく公資の胸に顔を埋めた。

＊

月は西へと傾いた。二人はまだ簀子にいた。

「なあ、琴子」

改まった口ぶりで公資が切り出した。

「俺は大江匡衡様にはなれんぞ。この国の任期が果てても、おそらく学問の世界には戻らん。たしかに大学寮では多くを学んだ。だが、そこに閉じこもって研鑽を積むより、地方の民とふれあい、国を富ますことの方が性に合っている」

「分かっております。わたくしも赤染衛門様のような歌人にはなれません」

琴子はそれでも、歌を詠むことを諦めまいと思った。その上で、衛門が夫匡衡に尽くしたように、自分も公資についていこうと心に誓った。

「ねえ、あなた様」

琴子が少し甘えた声で、隣の公資にもたれかかった。

「わたくしたちに御子は生まれるかしら」

「決まっているさ。権現様が約束して下さったんだから。『何かその分きて願はむ今よりは　子の宝をば得つと知らなむ』」

公資が威厳をこめて朗詠した。ことさらに祈願した今は子宝に恵まれるものと知って欲しいと歌った、返り言の一首である。

「あッ」

琴子が公資から身を離した。

「わたくし、良いことを思いつきました」

公資がいぶかしげに首を傾げながら、琴子をのぞき込む。

「権現様からいただいた百首に返り言をいたしますわ」

「すると、権現様は、またそれに返り言をされなくてはいけないのか。お忙しくなられるな」

そう重々しく答えたそばから、公資が吹き出した。琴子も笑った。二人の声が、夏の夜空に吸い込まれた。

参考文献

『相模集全釈』風間書房
新編日本古典文学全集『今昔物語集』小学館
久保木寿子『和泉式部百首全釈』風間書房
関根慶子他『赤染衛門集全釈』風間書房
山中裕『和泉式部』吉川弘文館
新釈漢文大系『白氏文集』明治書院
近藤みゆき『古代後期和歌文学の研究』風間書房
川村晃生『摂関期和歌史の研究』三弥井書店
柏木由夫『平安時代後期和歌論』風間書房
犬養廉「走湯百首の世界」『立正大学文学部論叢　九〇号』
『伊豆山神社の歴史と美術』奈良国立博物館
『平安時代史事典』角川書店
『王朝文学文化歴史大事典』笠間書院
『平安大事典』朝日新聞出版
「【植物はあれもこれも薬草です】　第一回　ビワ」『現代農業ＷＥＢ』
「経塚と経筒」『嵐山町ｗｅｂ博物誌』

掌篇部門

最優秀賞

Resonance Resilience

秋元　祐紀

「いよいよ明日が最後のコンクールかぁ」

窓から覗く空の青が目に染みる。

「私、高校でも吹奏楽続けるとは、思ってなかったんだぁ」と舞歌が洩らす。

「ウチは逆だなぁ。中学で全然出来なかったから、高校こそはって思ってた」と莉乃が声を上げる。

「あたしは、絶対この高校の吹奏楽部に入るって決めてたわ」

「私は莉乃の熱烈な勧誘が無かったら、帰宅部で、今も家でアイス食べてたかも」

おにぎりをかじりながら、私はどうだったろうと考える。

小学校の時にサックスに憧れて、中一で吹奏楽部に入り、中二で初めて夏のコンクールに出場した。順調なはずだった。アンサンブルコンテストを経た一月に、よく分からないウイルスが出てきて、よく分からないまま、学校になかなか行けなくなった。忘れもしない四月十三日、第六十一回静岡県吹奏楽コンクールの中止のお知らせが発表され、間もなく休校となり、一か月以上を家で過ごした。

毎日、狂ったように感染者数の報道が流れた。家の中で、手のひらの平らな板から、リビングの平らな板から、情報と、交流と、音楽を摂取した。奥行きを失った世界に、心は、満たされなかった。何かが壊れていって、でも何が壊れたかも、どうしたら直るのかも、分からなかった。

そのころだったか、芸術は不要不急か否か、議論が巻き起こった。テレビではアクリル板越しに演奏するアーティストが諦めるな、希望を持てと歌い上げる。音楽は不滅だと、観客のいないホールに、カメラの向こうに叫ぶ。

一年が経っても、マスクを外すことが憚られる世の中だった。皆で楽器を吹く合奏の時間は、長く確保できなかった。マスクを外すことが、呼吸をすることが、音を出すことが、罪であった。

それでも世界は、もとに戻ったふりをした。

「コロナ」という単語を出さないことが私たち世代の暗黙のルールだ。「コロナ」のせいで出来なかったことがあるのは事実。私たちがそれを悔しく思っていることも事実。修学旅行、体育祭、文化祭、部活動、大会、楽しく話しながら食べる昼食、色々なものを失った。取り戻せないと分かっていても、失ったものを取り戻そうと今を懸命に生きている私たちに、大人たちからの哀れみの視線が刺さる。十七歳の心は傷だらけ。

そんな中で、何故、吹奏楽を続けているのだろう。

個人練習、分奏、合奏を経て曲を完成させていく吹奏楽。考えてみれば、ずいぶん非効率的な活動だ。数十人の部員全員が時間を空けて同じ場所に集まらないと練習にならないのだから。今やDTMが流行し、リモート合奏なんてものも出来上がった。多重録音をして、一人で合奏することもできるのに。

コロナ、忙しさ、色々な理由で部員は減った。もしかしたらこの先、学校の吹奏楽は消えてしまうのかもしれない。

「私は、高校最後の年に、皆とちゃんと音楽に向き合えてよかったなぁ」

ぽつりとつぶやいた。

「終わったみたいじゃんか！　明日から始まるんだよ、ウチらの夏がさ！」

莉乃は立ち上がり、黒板に〈交響的詩曲「天地創造」〉と書いた。

「いい？　交響的詩曲っていうのは、英語にするとSymphonic Poem。Symphonyは、共にっていう意味のsymと、音って意味のphoneが合わさった言葉なの！」

「じゃあ、〈音が共に交わって響く詩〉なんだね」

「舞歌いいこと言うじゃん。」と莉乃は曲名の隣に書く。

「だから、私たち全員がいないと成り立たない曲なの。演奏者だけじゃない。詩は誰かに何かを届けるものなんだから、聞いてくれる人がいて初めて音楽が成り立つんだよ。そんで、届ける場を整えてくれる人とホールがあってこそ成り立つわけ」

「そういえば、静岡市民文化会館でのコンクール開催は、今年が最後だってね」

明日の本番を想像してみる。横にも縦にも広い大ホール。深緑の椅子が客席の暗さを助長する。方々からの集中の糸が、指揮棒に絡まる。広い舞台の上で、皆の息遣いが聞こえる。お客さんが息を呑むのが分かる。刹那、振り下ろされ、一音。舞台上に世界が創造される。長い時間をかけて、楽譜を読み、作曲者と対話しながら、音で、言葉で、部員と創り上げた世界が、暗闇に広がる。まだ終わらないでと思いながら、必ず来る終わりに向かって歌い続ける。

「『創世記』の中でさ」と再びつぶやけば、皆の視線が私に絡まる。

「神様は創られたものをすべて『よし』とされたんだよね。そう言い切られちゃうと、今まで起きた色々なことも全部『よい』ことで、意味があることなんだって思えるんだ。でね、色んなことを乗り越えて、私たちが今、ここに集って音楽と向き合えたこととか、明日多くの人に届けられることって、すごく尊いことだなって思って、それで、あのね、」

恥ずかしいけれど、言わねばならないと思った。だって、明日で最後かもしれないから。

「色々あって、人間って孤独だなって大人ぶって悟ったふりをしたこともあったけど、私、皆がいないと出来ない吹奏楽が大好きだったみたい」

優秀賞

柿田川湧水

大岡　晃子

濃くて神秘的な水の青さだ。私は柿田川公園の第二展望台の手すりから落ちそうなくらい身を乗り出して下を覗き込んだ。石みたいなもので丸い形に囲われた大きな井戸のようなところから、ザーッという水音とともに大量の水が湧き出している。日の光がキラキラ水に反射する。水流で砂が巻き上げられる。

ママと一緒にロシアから日本に来て二年が過ぎた頃のことだ。私は高校一年生だった。来日はママの悲願だったと思う。三十歳を過ぎて日本語専門学校で学び直し、それを機にパパと別居して、遂には日本で職を得てしまったのだから。一人ロシアに残っていたパパが、その夏、日本にいるママと私に逢いに来た。パパの顔は以前よりふっくらして、頬はほんのりと薄桃色になっている。「富士山が見たい」と言うので、富士山も伏流水も見られる駿東郡清水町の柿田川を初めて訪れた。

柿田川湧水のしくみを解説するイラスト付きの案内板を指さして、パパが私に訊いた。

「Что《シトー》 здесь《ズディエシ》 написано《ナピーサナ》?（これ、なんて書いてあるの?）」

「富士山周辺に降った雪や雨が地下に浸透し、推定二十六年から二十八年かけて湧き出す」

と内容を翻訳すると、

「サーシャは漢字も読めるようになったんだね、偉いな」

とパパは私の方を向いて少し微笑んだ。湧水ができるまでの二十六年から二十八年を遡ると、私はまだ生まれてもいない。パパとママは九歳から十一歳で、学校に通っていた頃だ。二人は小学校入学の六歳から十一年間同じ学校に通った同級生なのだ。

ママは絵の道具を持って来ていた。子供の頃、本格的に絵画を学んでいたらしい。

「この辺でスケッチをしているわ」

と芝生が広がる湧水広場でママが言うので、私はパパと二人で歩いた。川の中には、じわじわと水が湧き出たり、ぼこぼこと勢いよく噴き上げたりする大小様々なスポットがあった。芝生のところに戻ると、ママはベンチに腰掛けてデッサンをしていた。第二展望台からの青い水の様子を描きたいようだ。私はスケッチブックを覗き込んで声を掛けた。

「絵が上手だね」

ママはブルーがかった灰色の瞳で私の顔を見つめると口を開いた。

「大学生の頃、サンクトペテルブルクの芸術広場で外国人観光客に絵を売っていたからね」

ペレストロイカが始まったのはママが十四歳の頃。ソ連崩壊後、ルーブルが大暴落して、ママは生活費を稼ぐために大学に通わず毎夜アパートで絵を描いては次の日に売って、ドルを獲得していたらしい。

「油絵具は厚く塗るとなかなか乾かないから、キャンバスに薄く塗って、翌日売るの」

ママはため息をつくようにひとつ息を吐いた。二十一歳で私を生んで、まともな学生生活なんて送れなかったことだろう。

デッサンを続けるママを置いて、「湧歩橋」と名付けられた木の橋を渡った。石の筒から出る湧水を汲める場所があった。柄杓が備えてある。私とパパは両手を洗い、手の平に湧水を受けて飲んでみた。パパはゴクゴクと飲むと、「Какая《カカーヤ》 вкусная《フクースナヤ》 вода《ヴァダー》!（なんておいしい水だろう！）」と言った。それから首を横に振って、目を閉じ、

「実はパパは、国が壊れた頃、将来が不安でアルコール依存症になってしまってね」

と話し始めた。

「ママが絵を売っていた頃、パパは水代わりにウォッカを飲んでいたんだよ。ママに怒られても、これは水だよ、と嘘をついていた」

思い出した。幼い頃見たパパの手は、時々震えていた。顔は土気色で、なにか話す時も呂律が回らないことがあった。それでも、朝、仕事に向かうパパの顔には緊張感が漂い、不調なんて感じさせなくて、私は幼心に、「パパには家族に見せるのとは別の顔がある」と感じていた。パパは続けた。

「サーシャに会いたくて依存症を克服した。今は水の味がわかるようになったんだ。色は同じで

も、ウォッカより水の方がおいしい」

私は、筒から流れ出る湧水をグラスで受けたら、透明の水が煌めいてさぞ綺麗だろうな、とふと思った。

「この水はミネラルが豊富だね。飲んだらすぐわかるよ。これが長い年月をかけて富士山から来た水なんだ」

と言って、パパはまたゆっくりと味わいながら水を飲んだ。

私たちが戻ると、ママはスケッチブックになにか書き込んでいるところだった。

「絵具の混ぜ方をメモしていたの。キャンバスに幾重にも色を重ねてあの水の青さを再現するわ。今は絵具を早く乾かす必要もないし、心に余裕を持って好きな絵を描けるから」

ママはそう言って嬉しそうにスケッチブックを眺めていた。

優秀賞

一分間の瞑想

岡田あさひ

柱時計が午前三時を告げている。

白髪頭を枕に押し付けベッドに横たわった富樫閏《とがしじゅん》は、大きく息を吐いた。腹の上で組んだ指には、まだ受話器の感触が残っている。

「……たった今、赤ん坊が生まれたんだ。二月二十九日生まれで……」

久しぶりの会話だったが、幸せそうな様子が伝わってきた。電話を切ってからも、興奮冷めやらぬ状態が続いている。その余韻を、もう少し楽しんでいたかったが、明日の仕事に支障をきたしてはならぬという想いで無理やり瞼を閉じていた。

シンと静まる部屋に、遠州地方特有の空っ風が電線を鳴らす音が響いている。そういえば、あの日もこんな風だったなと、遠い昔の記憶に思いを馳せていった。

「施設の子には、四年に一度しか誕生日がこないって馬鹿にされたんだ」

小学六年生の閏は、同級生と殴り合いの喧嘩をした理由を、児童養護施設の施設長に訴えた。とにかく面白くなかった。喧嘩相手への謝罪強要や学校に呼び出された施設長が平謝りしたことも含め、全てが不平等だと感じたからだ。

痛みと怒りを抑えるために、施設までの帰路は無言を貫いていたが、食堂に置かれた石油ストーブが赤い炎を上げるのと同時に、施設長に向かって尖った言葉をぶつけていった。

ストーブ上に置かれたヤカンの蓋がカタカタと音をたて始めると、それまで頷きながら話を聞いていた施設長が、ポンと閏の肩に手を置いた。

「いい機会だから、二月二十九日の秘密を教えてやろう」

ヤカンを横にずらしながら、帰りの道中に購入した鯛焼きを一つ載せた。

「地球が太陽の周りを一周するのに三百六十五日と六時間かかるんだ。その六時間に四年をかけると二十四時間になる。それが、お前の誕生日の秘密だ」

「余りものを寄せ集めただけじゃないか」

施設長を睨みつけるようにして反論する。

「世界中の人々が必要とする大事な一日だ。時間は平等だからな」

閏は唇を突き出しながら、窓の外に視線を向けた。空っ風が電線に当たる度にヒュー、ヒューと鳴らす悲しそうな音が耳に入り、更に気分を暗くさせていた。

「食べ頃になったぞ」

施設長から、尻尾に焦げ目がついた鯛焼きが差し出された。

「十二歳のお祝いだ。皆には内緒だぞ」

施設で暮らす子ども達の誕生日には、鯛焼きのプレゼントが恒例になっていたから、内緒にすることではないと頭では理解していたが嬉しかった。

大口を開けて、鯛焼きを頬張ると甘味が広がった。自然と笑みが浮かんだが、そんな姿を見られたくなかった閏は顔を俯かせた。

「取って置きのことを教えてやろう。一分間を毎日積み上げていくと、四年で二十四時間になるんだ」

「ふうん」と声を出してから、しまったと思ったが後の祭りだった。

閏が興味を持ったことに気を良くしたのか、目尻を下げた施設長が話を続けていく。

「その一分を瞑想する時間に使ってみないか？　嬉しかったことや楽しかったこと、何でもいいから自由に思い浮かべるんだ」

顔を覗き込まれるようにして尋ねられ、咄嗟に「良いことが思い浮かばなかった場合はどうするんだよ」と答えた。

「日頃から意識していれば、そうならない。心を整えている者に幸せはやってくるんだ」

そういった施設長は、豊かな顎髭を撫でながら窓越しの風景を眺めている。

相変わらず悲しそうな音が聞こえたが、施設長が見つめる先を追った閏の瞳に、雲一つない青空が映り込んだ。それからしばらくの間、お互い言葉を発することはなく、静かな時間が過ぎていった。

窓枠を軋ませるような強風で目が覚めた。

上半身を起こすと、あの日と変わらぬ風景が閏の視界に入った。その体勢のまま、粟ヶ岳《あわがたけ》の向こう側に広がる冬暁の空に黙礼をすると、呼吸を整え、日課である瞑想を始めていく。

自然と頬が緩み始めたことに気が付いた閏は、今ではトレードマークになった顎髭を撫でながら、児童養護施設の食堂に向かって歩き始めた。

優秀賞

光

流島　水徒

「ねぇ何なのこの結果は」

ノックもなく開け放たれた扉には、真顔を貼り付けた母が立ち尽くしていた。

何のことだろう、と考える間もなく叩きつけられたのは、昨日返却された模試の結果だった。

「すみません。前回より全国平均は上がったのですが」

「上がった？」

食い入るような話し方。母の琴線に触れたことがわかった。

「でも医学部は軒並みＣ判定じゃない」

「わかっています。でも、この時期はまだ基礎に力を入れたいので成績が――」

「うるさい！」

言い訳をするな、と叫んだ母の顔は怒りに歪んでいる。

「まだお前はそんな結果なのか」

「どうしてお前ちゃんと勉強しないのか」

「お前は夢を諦めたのか」

鳴り止まない罵声の中、ひたすらに時間が過ぎるのを待った。聞いているの？と問われれば、聞いていますと答え、それ以外にはすみませんと答えた。

「ねえ、聞いているの？」何度目の問いだろうか。もう限界だ。俺は部屋を飛び出した。玄関に向かう途中、食卓テーブルには二人分の夕食を見つける。

模試さえなければ、普通に食卓を囲めていたのだろうか。いや、もう何ヶ月もそんな日はない。きっと模試が見つからなくても、怒号が飛んで来なくとも、心を磨り減らす夕食に違いなかった。二人で強く生きようと誓い合った僕らなのに、と父の遺影に一瞥くれて俺は夜の街を駆けた。


走って走って走って、あてもなく飛び乗った御殿場線に乗客は殆どいない。導かれるように右角の座席に腰を下ろすと、暗闇に落ちた街並みが眼前を通り過ぎていく。窓から漏れた暖かい光に、幸せな生活を想像する。家族がいて、ペットがいて、みんなで食卓を囲み退屈な話をする。それはどんなに精細に想像してみても、地続きの現実とは到底思えなかった。想像の食卓に無理やり自分をキャスティングしても、馬鹿げた妄想のように思えた。ポタポタと手の甲に何かが落ちる。顔を拭うと、涙だった。

名前を呼ばれなくなったのはいつからだろう。

敬語で母と話し始めたのもいつからだろう。

これ以上成績が上がる気がしない。

医者になれない。

母さんと和解したい。


泣き止みたいのに、叶わない理想と現実が頭を離れない。静かに、ただ岸壁を伝う清水のように、スルスルと涙が頬を伝った。どれぐらい泣いただろう。列車はアナウンスと共にゆっくりと停車し、終点の沼津駅に着いた。

もう乗り継げる列車はない。仕方なく駅を出ると、俺は背中を風に押されるまま、当てもなく街を歩いた。


柔らかな潮の香りが鼻を掠めた時、松原を抜けた先に炭酸のような細波を聴いた。

千本浜海岸だ、と直感する。

海岸線を伸びる千本松とその向こうに悠々と聳える富士。その景色に魅せられた俺と父は何度この海岸を訪れたことだろう。そのせいか、父の逞しい腕と快活な笑顔の記憶には、いつもこの海岸があった。しかし、墨を流したような夜にその思い出を見ることは当然できない。

項垂れるように視線を落とすと、厚底のスニーカーが視界に映る。昔は俊足を履いていたっけな。足が速かった俺にとって、それは誇りだった。しかし、今ではコンプレックスを埋めるための靴を履く。大人になるにつれて、俺は誇りよりもコンプレックスの克服を選んだ。それは心の安定のためだった。

きっと母も「夫がいない」というコンプレックスを「出来のいい息子」で克服して、心を落ち着かせたいのだと思う。僕が厚底のスニーカーを使ったように。

だとすれば、母にとって所詮俺は——

その時、一陣の風が強く背中を叩いた。

考える間も無く、押されるように視線を上げると、海上には一粒の光があった。揺ら揺らと焔のように瞬き、オレンジ色に煌めいている。

漁火のようなその光は、遠ざかるわけでも近づいてくるわけでもなく、いつまでも海上で揺られていた。

それは、長い夜を暖かく灯す常夜灯みたいだった。いつしか暗闇の中に眠るようになった俺も、かつては常夜灯の下で眠っていたことを思い出す。父を亡くし、母は女手一つで俺を育ててくれた。少しでも支出を減らしたかったはずだ。それでも、暗闇にいつまでも慣れない俺を気遣って、灯してくれていた暖かな光。

それでも不安で眠れない夜は、夜通し握りしめてくれていた暖かい手。今確かに思い出した。愛情のしるし。

わかっている。本当は母が俺のことを道具と思っていないことなんて。父が死んだ日に医者になりたいと願った俺の夢を、誰よりも応援してくれていることも。

今でこそ、捩れにねじれた関係が語気を荒げるけれど、誰よりも深く愛してくれていることも。

わかっているんだ。本当は。

また、風が背中を打った。

今度は励ますように、慰めるように。

沼津に着いてから今に至るまで、時に導くように、時に励ますように、背中を押すこの風は、と思う。

「父さんなのか？」

俺は思わず問いかける。そんなわけないかと、思いながら。

その瞬間、不自然なほど明るく海上の光が揺れた。まるで「ちがう！　こっちこっち」と主張するように。

本当に父さんなのかよ、と高鳴る鼓動を聞きながら、そっちかよ！　と俺は思わず笑った。

人は死ぬと星になるらしいが、父さんは風になったり光になったりするらしい。

もしかして、愛もそうなのかもしれないと思う。

その人を思い、その人に寄り添うため、褒めたり怒ったり、時には対立したりしながら変化していく。

そんなことすら、俺にはわからなくなっていた。

ありがとう、父さん。風に流すように口遊ぶ。光は頷いたかのように、そっと揺れた。

優秀賞

熱海の灯

内藤ひとみ

熱海が明滅する。暗色を背後に結晶が爆発して光を放ち、牡丹や菊の花を咲かせ柳の枝をそよがせたかと思うと、すん、と消えていく。後には金属音の混じる風の音が残った。

夜の空は煙の膜に覆われて、その向こうに海沿いの夜景が見えた。日常の灯りを遠景になるまで離れて眺めると、なぜこんなに綺麗に見えるのだろう。いつの間にか、雨混じりの風が吹いてきて、火薬の余韻を消していく。六月、熱海の夜風は冷たい。少し潮っぽい雨の匂いを吸い込んだら、ふと泣きそうになった。

ふいに雨風がさえぎられ、見上げると隣に立っていた息子が傘をさしかけて、

「そろそろ部屋に帰る？」と覗き込む。うん、と屋上の入口に向かいながら、

「綺麗だったねえ。こんなにいい場所で花火を見たの、初めて」と言った。一週間前、わたしの癌が再発したと息子にラインで知らせた時、花火を見に来ないか？　と返信が来たのだ。息子が横で言う。

「うん、急に熱海に転勤って言われてさ、焦って借りたとこだけど、このマンションね、眺めが

いいし、まさか屋上で花火が見られるとは思わなかったよ。さっきの花火、動画撮ったから後で送るね」

おじいちゃんおばあちゃんを連れてきたら喜んだだろうねえ、そう呟きながら、わたしはなんてありふれた言葉を吐くのだろうと思った。十代の頃自分は特別な感性を持っていると思い込んでいたが、そうではなかった。あまつさえ、ありふれた言葉を思わず口にするほど年を取ったのだ。その発見は少し悲しくて、けれど、しみじみとありがたかった。

まだ息子が中学生の頃、耳下腺癌で手術をすることになったわたしは、詳しい病状を聞いた後、家族に見つからないように、自分の服を全部捨ててしまった。八つ当たりだった。年をとった自分が想像できないことが悔しかった。それでも、まだ着られるゴミ袋の山を出し終えた後、後ろめたさから、もう病気に関する負の感情をなるべく表に出すまいと思った。

病人となった当人の苦しさと近しい人の苦しさはまた別のものだと、経験から知っていたし、個々の持つ感情は複雑かつ曖昧で共有できるものではないとあきらめてもいた。

そうとも言い切れない、と思うようになったのは、両親を亡くしてからだった。生前はうんざりすることもあったし、第一、親が先に逝くことは当たり前のことで、その順当さに感謝すべきなのだろうと思いつつ、時を経るほどに感じる寂しさに驚かされた。そしてその喪失感が、寂しいというありふれた言葉一つで表現できることに驚いたのだった。

寂しさが人の根源的な感情なのかもしれない。それは皆が共有できる負の感情で、その感情を相互に理解し共有できるなら……。

屋上の真ん中で振り返り、先刻の花火を想った。打ち上げ花火の良さはまず不穏さを含んだ音だ。胸に閉じ込めている不安がその音に爆破される。一瞬自分という個が消える。夜空に火花が咲いて光が明滅するとき、自分の命も明滅することを知る。空の光が消えた後には街が瞬く。昭和から令和になって、昼間の街並みが随分変わっても、夜景の点描は変わらない。

わたしの両親は、熱海について、山と海に囲まれていて、街の端から端まで見渡せる所がいいと言っていた。海のない北関東から車を運転して来るのにも丁度いい距離らしい。元気な頃は盆と正月、伊豆の熱川温泉や海辺に露天風呂のある北川温泉に泊まり、熱海に移動、ビーチを散歩して洋食屋さんに行き、夜景を見て、翌朝網代の干物を買って帰途につく。

だいぶ前の八月、山の中腹あたり、庭に数寄屋造りの客室のある旅館代を父が奮発したのは、母が体調を崩し、最後の熱海になるかもしれないと思ったからだった。母は花火が見たいと言った。その夕方、かかりつけの先生から母の携帯電話に、血液検査の結果連絡があった。たぶん婦人科系の癌だから、大きな病院にできるだけ早く行った方がいいとのことだった。

携帯電話を握りしめたまま泣き出した母の背中を撫でながら、わたしは途方に暮れた。父はまだ幼かったわたしの息子を連れて庭に降りた。鯉に餌をやるのだと言う。なぜ今なの、とわたしは呟いた。それから、丹精込められた料理を皆で粛々と食べ、花火を見ずに、床についた。あの時、皆で一緒に花火を見て、夜景を眺めればよかったと、今も時々考える。

花火の翌日、ジャカランダの咲いている海沿いを息子と歩いて駅に行く。家に着いたと連絡すると花火の動画が送られてきた。また、見ようね。の言葉に続いて夜景の写真。熱海が明滅する。その光は少し寂しくて温かい。

優秀賞

桜舞う季節まで

初又　瑚白

今朝目を覚ましたのは、まだ夜は明けていない時間だった。霧がかかっていて、富士山はまだ姿を隠している。受験生の朝は早い。

私は手早く朝ごはんの準備を始めた。父は幼い頃狩野川で溺れた子を助けようとして亡くなった。母は朝早くから仕事へ行く。私が家事を行うのは当たり前であり、日常になっていた。弟の直也と妹の美希の面倒を見るのも全て私の役目だ。そんな私の唯一の支えは、自分の夢である医師になること。父が亡くなった時、一緒にいた私が、もっと大人であり、知識もあれば、助かったかもしれないという思いが私の心の中にずっと残っているから。

朝食を済まして、その他の昨日終わらなかった家事を終えて、私はようやく机に向かった。だが、疲れが溜まっているのか、眠気がおそってくる。教科書を読んでいても、だんだんと文字が、ぼやてけいく。何度も同じ行を目で追っているだけ。昨日も遅くまで勉強したが、終わらない家事に追われ予定通りに進まなかった。こんな日が毎日続く。

「このままじゃ、受かるかどうか」

思わず独り言を零した。弱音を吐いたところでどうにかなる話ではない。顔をたたいて、教科書に視線を戻した。

真夜中になり、家から何の音もしなくなる。ここで私は一息つける時間を得る。だが夜ということもあって、余計な不安や考えが頭をよぎり、一人では収集できないほどいらいらした。全部、私が何とかしなければいけないのか。涙が込み上げるのを必死にこらえた。

そんかある日、母が珍しく早く帰ってきた。四人で久しぶりに夕飯を食べた。直也と美希は楽しそうにはしゃいでいるが、私は日々つのる苛立ちや不安で、ごはんの味もしないほどだった。

そんな私を見て母は勘づいたのか「いつも頼ってばかりでごめんね」

そんな母の本来ならありがたい言葉に、私は自分の感情がぐちゃぐちゃになって、言った。

「そう思うなら最初から頼らないでよ。ごめんねなんて言っても何も変わらないよ！」

思わず涙がこぼれた。父が死んでから母に反抗したのは初めてだった。私はリビングから飛び出し、自分の部屋に逃げた。

自分の部屋に行ったとたん、冷静さをとりもどした。頑張っているのも、無理をしているのも自分だけではない。母は、もっと頑張り無理をしていた。今日ひさびさに見た顔を思えば、前よりもやせこけていた。妹弟も家事を手伝っていた。母に言った言葉を後悔した。外から笑い声や呼び込みの声がした。そういえば今日は三嶋大祭りだった。その自分の感情と真逆の軽快なリズムや賑やかさが、いっそう私の心を苦しくした。さらに涙がこぼれた。そんな時、突然扉を叩く音がした。母が部屋に入ってきた。

「さっきはごめんね。もっと気持ちを考えてあげれば良かったね。いつもありがとう」

その言葉を聞いた瞬間、涙がこぼれた。ありがとうという言葉が聞きたかっただけだったんだとその時気づいた。私の頑張りを認めて欲しかっただけだったんだ。私は母に抱きついた。久しぶりにお母さんのうすいお化粧のにおいを感じる。

「こっちこそごめんね。いつも働いてくれてありがとう」

そして私はさっき残した夕飯を食べた。さっきは味がしなかったのに、今はすごくおいしく感じた。

それから家族の雰囲気は変わり始めた。弟妹は前よりも、もっと家事を手伝い、母も仕事の合間を見つけて、私たちのごはんを作るようになった。家族がひとつになり始め、私の心にも余裕が生まれた。

そこから迎えた受験の日。私は心を落ち着け、全力で試験に臨んだ。受かるかどうかは分からない。だけど、私はもう大切なことに気づけた。私は一人じゃない。家族がいる限り、どんな困難も乗り越えられる。

桜が咲く頃、合格発表の日がやってきた。私は家族と一緒に掲示板の前に立った。私の番号は一一五番。番号を見ると一番の後には二番ではなく、一三番という数字が並んでいた。心臓が高なる。一〇〇、一〇五、一一五。私の番号が並んでいた。涙を浮かべる母、直也と美希の喜びの声と共に私は新たな未来への第一歩をふみだした。
桜色に染まる空の下、私の心には確かな希望が芽生えていた。

選評

出色の最優秀作

村松　友視

最優秀賞は「ノイジー・ブルー・ワールド」。一見流行りのカジュアルでチャライ文体を思わせるが、細部に目を凝らせば、目が詰まった織物であり、光るひとくだりや描写が随所に仕込まれている。主人公のレナが気を向ける、ナギという不安定さ脆さそれに神秘性を合わせもつ級友への思いの変遷が、他の級友や母親をもからめて語られ、いや喋り込まれてゆく。ナギを支え、いたわりなぐさめ助けているつもりのレナが、自分こそナギという存在になぐさめられていると理会する。その逆転の構図とリスクに陥りやすい文体からこの世界を描くにはこれ以外にないという感触がリンクしている。次作を期待させる作者の誕生に興奮したが、〝共感覚〟というナギを解読する言葉の導入はちょっと衒学的な感じがした。

優秀賞は、「青菜屋敷」。部屋のあちこちに青菜が生えてくる……不気味なけしきの描写から始まる。逆説的ファンタジーとして読んだ。ふつうに会社づとめをこなし、合コンにも参加する主人公の女性葵の、不思議な展開の中で起こる奇妙、幻妙、唐突、奇抜が自然に読みすすめられ、

〝羽化〟というテーマで作品をつらぬいた潔さにも好感がもてた。ただわさび田の場面における自分の名の葵の文字と山葵《わさび》の結び付けにちょっとだけ興をそがれた。

佳作は、「権現の返り言」と「台風の後に」。

「権現の返り言」は乳母子の兵部と荷はこびの下人藤太を伴って伊豆の走湯に向かう琴子の旅にからむ事情から語りすすめられる。旅の目的は、当地で百首歌を詠み、それを走湯権現に奉納することだが、赤染衛門にあこがれる琴子の和歌への傾倒を夫の大江公資は快く思っておらず、琴子は出発前に夫といさかいを起し、一人で旅に出た。往年のしきたりや歌の味わいの隙間から、夫婦の心の機微がうかがわれ、工夫にみちた色合いが生じてくる。琴子は心のさまよいのあげく、夫の掌で転がされていた自分に気づき、夫の心配りを理解する。琴子の現代的な言葉遣いが大いに気になるが、軽快なストーリーが心地よいテンポを生んでいる。

「台風の後に」は感音性難聴の主人公優翔とそれぞれに痛みと屈託をかかえた登場人物の心の推移が軽快に描かれ、母と子、母と叔父の哲也との微妙な関係がそこに織りなされる。防災訓練や流水区の巴川の氾濫も重要な場面として挿入されて、そこから繊細な人の心が浮かび上がってくる。好きな作品だった。

それぞれの海で——太田治子

『ノイジー・ブルー・ワールド』は、とても不思議な小説だと思います。正直にいって、最初のうちはこの作品が最優秀作品になるとは思っていませんでした。決してとっつきがよくない文章です。上手か下手か、よくわからないところがあります。しかし、私は気が付くと、この作品のことを大変熱を込めてほめずにはいられない思いにかられていたのです。いつのまにか、文章の魔力といったものに引き込まれていました。ぶっきら棒な独自体の文章なのですが、実はとても考えて書かれたものだということがわかってきました。しかもそれが理屈ではなく、息をするように自然に書かれているのです。好意から恋人へと深まっていく高校生の少女の心の動揺に、読んでいるこちらも、「ああ、わかる。わかる」とうなづきながら、併走している心地になりました。彼女の好きな少年のナギが、どこか中性のように思われるところも、この作品をよりミステリアスなものにしています。海は、二人の守護神なのかもしれません。

優秀作の『青菜屋敷』は、すらすらとそれは面白く読ませていただきました。「家の中のあらゆる場所から青菜が生えるようになって、もう半年が経つ」という冒頭から、思わず笑いが込み上げてきました。テレビ台の裏から、食器棚の下、ありとあらゆる所から青菜が生えてくるというお話に、「青菜大好き人間」の私は、笑いが止まらなくなりそうでした。そこへ、大好きを通り超した「青菜狂」ともいうべき青年が登場するあたりから、小説は一転、シリアスになります。ヒロインのおかあさんの存在も、改めて気になってきました。三十半ばの彼女は、母親の期待が重過ぎたように思います。蝶になって飛び立った青年を思う彼女は、はたしてどのような旅立ちの日を迎えるのでしょうか。

佳作『権現の返り言』は、実にすがすがしい夫婦愛の物語だと思いました。女流歌人相模も、その夫の姿も、それは清らかに描かれています。夫妻は、それぞれにいとも真面目であったことが、伊豆の走湯権現に奉納したとされる歌から伝わってきます。本物の夫婦愛とは、千年も前から変わらないものなのですね。相模についてよく知らなかった私は、とてもわかりやすく勉強させていただきました。

佳作『台風の後に』を読ませていただくと、目の前にすっきりと青い海が拡がっていくのを感じました。耳の不自由な大変さも、あくまで淡々と平明に描かれていることが、すばらしいと思いました。主人公の僕のおかあさんは、明るくてきぱきとしています。なくなったお父さんの年違いの兄の哲也おじさんも、僕と同じ難聴者。おじさんとおかあさんのほのぼのとした関係に、青い海はよく似合います。

エポックとなる小説、瑞々しい感性――諸田 玲子

今回から選考に参加させていただきます。昨年まで掌篇部門の選考をつとめてきましたが、年々レベルが高くなってきたと実感していました。初めての小説・随筆・紀行部門も読みごたえのある作品がそろっていて、当文学賞の成長と発展を嬉しく思いました。

そんな中で最優秀賞に選ばれた「ノイジー・ブルー・ワールド」はエポックとなる秀逸な小説でした。高校生レナの一人称で語られる多感な少女の日常への違和感や美少年ナギへのゆれる思いが瑞々しい筆致でつづられています。倒してはいけないドミノの先頭を蹴飛ばしてしまったみたいな気分……など、随所に独創的な表現がちりばめられていて、著者の研ぎ澄まされた感性にはっとさせられました。生来の才を失わず、たゆまぬ努力をつづけて、読者の心をゆさぶる小説を生み出してほしいと願っています。

優秀作の「青菜屋敷」は奇抜な発想ながらも、それを超えて考えさせられることの多い小説でした。この著者は巧みなストーリーテラーで、今後も縦横無尽に小説を創造できる底力を感じます。ただ、いくつか気になるところもありました。たとえば伊豆文学賞であるためにワサビを出

したのでしょうが、唐突な感じは否めません。ラストの蛹から蝶になる場面にももうひと工夫ほしかった。奇想天外な話を読者の心に届けるためには、表に見えないからこそ、広範な知識の裏付けと綿密な計算が必要です。視野を広げ、さらなる試行錯誤つづけて、これからも瞠目させる小説を書きつづけて下さい。

佳作の「台風の後に」は心温まる、後味の良い小説でした。聴覚特別支援学校に通う優翔の視線で、学校の様子やそこに通う人々の日常が丁寧に描かれています。とりわけ母と叔父の哲さんのまどろっこしい関係と、二人を見守る主人公のやさしい眼差しが絶妙な匙加減で、胸が熱くなりました。障害があることを特別視して僻むのでも嘆くのでもなく、淡々としていながら読者の共感を呼び覚ます……完成度の高い作品です。

同じく佳作の「権現の返り言」は、史料をよく読み込み、古典の知識を駆使して、的確な表現で過不足なく小説を成立させています。権現様の返歌が実は夫の……というどんでん返しもよく練られていて、夫婦愛も伝わってきます。ただ、齟齬がないということと小説の持つ魅力とは別物です。著者にしか書けないなにか――驚き、つまり意外性や熱い感動――が少々乏しく、小さくまとまってしまった感がありました。

掌篇部門

少女のエネルギーを汲み上げた最終秀作 —— 村松 友視

最優秀賞は「Resonance Resilience」。タイトルから、喚起力、回復力といったテーマが読みとれる。コロナ渦によって人心が乱れマスコミが右往左往する激風に、主人公も同級の吹奏楽部の仲間二人も、翻弄された。やがて、世界は元に戻ったふりをしはじめたが、三人は閉塞感に押しつぶされようとしている。

そんなギリギリの切羽を、莉乃の痛切な叫びが静岡市民文化会館での最後の開催となるコンクールへの喚起力、復元力となるか否か。吹奏楽部に身をおく、十七歳の少女らしい危機感による懊悩が諦念にいたる寸前での、莉乃のエネルギーが、上手に汲み上げられている。

優秀賞「柿田川湧水」。パパをロシアに残しママと共に日本へ来て二年がたった、高校一年の「私」。一人ロシアに残っていたパパが、ママと「私」に逢いに日本へやって来る。富士山を見たいというパパの希望で柿田川をおとずれる。子供の頃から絵を学んでいたママが、スケッチのために二人から少し離れた時間の中で、パパが語る告白は説得力がある。離れた三人の家族が復元されてゆくけはいが、作品の余韻だった。

優秀賞「一分間の瞑想」。四年に一度しか誕生日が来ない二月二十九日生まれを、同級生にからかわれて喧嘩し、体も心も傷ついた主人公に向けた施設長の言葉が素晴らしい。ストーブの赤い炎も、ヤカンの蓋の音も、ストーブに載せられた十二歳を祝う鯛焼きも、貴重なBGMだ。今もあのとき施設長にすすめられた瞑想の習慣をつづける主人公の現在の大事な平安の時がうかがえる作品だった。

優秀賞「光」。父の死後における自分に医者への道をたくす母との二人暮らしの空虚感から語りはじめられる。あてもなく飛び乗った御殿場線の終点沼津駅で降りて千本松原へと足が向く。一陣の風にそそのかされて目を向けた海上に、一粒の光があらわれそこに浮かぶ父の幻想像から母へと心を向け直す。母との暮らしに、一条の光がさす感じで、作品が終る。

優秀賞「熱海の灯」。自らの癌の再発を知らせた息子にさそわれて熱海の花火見物の旅へ。「寂しさは人が共有できる負の感情」「打上げ花火の不穏さを含んだ音」という言葉や、花火の明滅と自分の命の明滅など、熱海の夜空に向ける作者の鋭い感性に比較して、ストーリーが淡泊なのが惜しかった。

優秀賞「桜舞う季節」。父の死後、仕事に出て行く母の留守の時間、弟と妹の面倒を見つつ、桜の季節に合否が決まる試験のための勉強にいそしみ不本意をかこつ主人公が、母への反発の言葉を発したのをきっかけに、母との絆を回復させるくだりへとつながっていく。迫力がいい。そのあげくの予定調和的な試験合格での終わり方が、少しばかり作品を軽くしたような。

書きたい！の熱量で次回作も――中村直美

最優秀賞の「Resonance Resilience」は、表現の瑞々しさが読む人を惹きつける作品でした。誰もが体験したコロナという感染症ですが、それがいくつの時だったのか、人生のどんな時代だったのか、人と人が交流できない世の中ってどういうことなのか、いったい何が不要不急だったのだろう……。収束したようで、残ったままのもどかしさに小気味よいテンポで挑むような作品でもありました。

優秀賞「柿田川湧水」は、富士山周辺に降った雪や雨が地下に浸透し、長い年月をかけて美しく柿田川の地に湧き出す、そんな不思議な静岡の風土が魅力的に伝わる作品です。多くの外国人旅行客も訪れる昨今のこの地を、ロシア人家族の複雑な事情を絡ませながら描いた構成力が見事でした。

優秀賞「一分間の瞑想」は、文章運びの巧みさが際立つ作品でした。遠州地方特有の空っ風、強くて乾いた風の音が過去と現在を通じて効果的に使われているところもよかったです。

優秀賞「光」は、主人公の心の葛藤が、飛び乗った御殿場線の車窓の光、亡くなった父を思い起こす千本浜海岸の光、母の愛につながる常夜灯の光と、タイトルにもなっている「光」を通して描かれた作品。コンプレックスを象徴する厚底スニーカーや、風の絡ませ方を少し上手くさばけるとすっきりしたと思います。

かつては百万ドルの夜景とも賞され、栄枯盛衰あって、令和の今また輝く熱海。優秀賞「熱海の灯」は、そんな街に上がる花火なればこその描写が、絶妙な舞台装置になっています。身近な人の病や死、そして誰の身にも訪れるその時にも思いがめぐる力強い作品でした。

優秀賞「桜舞う季節まで」は、不安といらだちの波が立ちながらも淡々と描かれる桜舞う季節までの「私」の日常に、筆者の可能性がほとばしる作品でした。真夜中、音のしなくなった家の中の描写は、とっくに封印したはずの受験生時代が急に目の前に蘇ってくるほどでした。

今回の掌篇部門から、伊豆文学賞に所縁の深い作家の今村翔吾先生に加わっていただき、審査の場にあらたな目線とチャレンジングな熱量が加わりました。過去に入選されたことのある皆さんも、ワクワク胸躍る次回作をぜひまた書いてみて欲しいです。

想いが生む熱。

今村　翔吾

初めて選考するにあたり、何に重きをおくべきかを考えた。掌編は枚数が少ないので簡単と思いがちだが、決してそのようなことはなく、むしろ長編より難しいところもある奥深いものである。私は物語性、核となるテーマ、そして、作者のチャレンジ精神を特に評価した。

「柿田川湧水」は、少ない枚数で物語が成り立たせている。最低限で状況を説明しつつ、日常を上手に切り取っている良作であり、私は特に推した作品の一つである。

「一分間の瞑想」は、力のある科白が見られた。これは掌編では特に活きる。但し、静岡の要素がやや弱いように思う。

「光」は、掌編としての切り取り方が上手く、文章もかなり良いだろう。後半、諧謔の表現で、おやと思う箇所があったが、際の際、物語をしかと着地させたことは評価出来る。これも特に推した作品である。

「熱海の灯」は、やや描写に引きずられている。何が伝えたいのか。きっとあるはずなのに、それの輪郭がはっきりとしていない。加えて何時の熱海を描いているのかという指摘もあった。未来を感じさせられれば、描写の良さがさらに際立ったであろう。

「桜舞う季節まで」に関していえば、最後まで読ませて、ちゃんと小説としての体を成している。すっきりと読みやすい。欠点を挙げるならば、所謂〔いい話〕感はある。あと一歩、何かオリジナリティがあれば良かった。

最優秀作品に選ばれたのは「Resonance Resilience」である。最優秀作なのにまず欠点から論じると、作品としては、まだまだかなり荒いものであるということ。物語の形も何とか留めているかという印象を受けた。

但し、それを補ってあまるものがある。それは文章の中に光るものがあるということ。これは技術ではなく、作者の本音に拠るものであろうと思う。作品には大なり小なり作者の想いが籠もっている。作者は技術こそ荒削りだが、その想いが他を圧倒していたのではないか。技術を管の太さ、想いを水量に譬えるならば、まだ管はさほど広くはないのに、水量が極めて多いため、しかと噴出しているようなもの。まだ伸び代も感じて期待が出来る。

あとは物語を諦めないこと。最後まで同じ熱量で書き切ること。ふらふらになりながら、それでもファイティングポーズを崩さないボクサー。この作品からは、そのようなものを彷彿とさせた。作品の熱量が命運を分けることがある。今回はまさしくそのような回だったように思う。

「伊豆文学フェスティバル」について

文学の文学の地として名高い伊豆・東部地域をはじめとして、多彩な地域文化を有する静岡県の特性を生かして、心豊かで文化の香り高いふじのくにづくりを推進するため、「伊豆文学賞」（平成９年度創設）や「伊豆文学塾」を開催し、「伊豆の踊子」や「しろばんば」に続く新しい文学作品や人材の発掘を目指すとともに、県民が文学に親しむ機会を提供しています。

第28回伊豆文学賞

応募規定

応募作品　伊豆をはじめとする静岡県内各地の自然、地名、行事、人物、歴史などを題材（テーマ）にした小説、随筆、紀行文と、伊豆をはじめとする静岡県内各地の自然、地名、行事、人物、歴史などを素材（パーツ）に取り入れた短編作品。ただし日本語で書いた自作未発表のものに限ります。

応募資格　不問

応募枚数
小説	400字詰原稿用紙30~80枚程度
随筆・紀行文	400字詰原稿用紙20~40枚程度
掌篇	400字詰原稿用紙5枚程度

賞

〈小説・随筆・紀行文部門〉

最優秀賞	1編	表彰状、賞金100万円
優秀賞	1編	表彰状、賞金20万円
佳作	2編	表彰状、賞金5万円

〈掌篇部門〉

最優秀賞	1編	表彰状、賞金5万円
優秀賞	5編	表彰状、賞金1万円

審査員

〈小説・随筆・紀行文部門〉
村松 友視　嵐山光三郎　太田 治子　諸田 玲子
〈掌篇部門〉　村松 友視　中村 直美　今村 翔吾

主催

静岡県、静岡県教育委員会、
伊豆文学フェスティバル実行委員会

第28回伊豆文学賞の実施状況

募集期間　令和6年5月1日から9月30日まで(掌篇部門は9月16日)

応募総数　446編

部門別数　小説…………203編

随筆…………33編

紀行文………15編

掌篇…………195編

審査結果

〈小説・随筆・紀行文部門〉

賞	(種別)作品名	氏名	居住地
最優秀賞	(小説)ノイジー・ブルー・ワールド	ナガノ・イズミ	静岡県
優秀賞	(小説)青菜屋敷	春野 礼奈	東京都
佳　作	(小説)台風の後に	北河 さつき	静岡県
佳　作	(小説)権現の返り言	星山 健	兵庫県

〈掌篇部門〉

賞	作品名	氏名	居住地
最優秀賞	Resonance Resilience	秋元 祐紀	静岡県
優秀賞	柿田川湧水	大岡 晃子	静岡県
優秀賞	一分間の瞑想	岡田 あさひ	静岡県
優秀賞	光	流島 水徒	静岡県
優秀賞	熱海の灯	内藤 ひとみ	東京都
優秀賞	桜舞う季節まで	初又 瑚白	静岡県

第二十八回「伊豆文学賞」優秀作品集

2025年3月3日　初版発行

伊豆文学フェスティバル実行委員会 編

発行者　長倉一正
発行所・発売　有限会社 長倉書店
〒410-2407 静岡県伊豆市柏久保552-4
mail:info@nagakurashoten.com

校正　子鹿社
装丁　bee'sknees-design
印刷　株式会社シナノパブリッシングプレス

落丁本・乱丁本はお取り替えいたします。
本書のコピー・スキャン・デジタル化等の無断複製は著作権法上での例外を除き禁じられています。

Printed in Japan
ISBN 978-4-88850-034-0